# 当明天和意外撞了个满怀

EVERYTHING HAPPENS FOR A REASON

[美]凯特·鲍勒 著

丁凡 译

浙江人民出版社

# 目 录

前　言　一切发生自有其意义 ...01

第一章　上苍公平吗 ...09

第二章　以前的我真的很闪亮 ...23

第三章　上苍没有魔法 ...39

第四章　我不在乎等待 ...49

第五章　我是世界上唯一正在死掉的人 ...65

第六章　在黑暗中等待未来 ...101

第七章　飘浮在爱与祈祷中 ...121

第八章　来自灰烬，也终将归于灰烬 ...143

第九章　不要一下子跳到终点 ...159

附录一：绝对不要对面临难关的人说的话 ...187

附录二：也许这样表达更好 ...191

感　谢 ...195

前言

一切发生自有其意义

我从小在加拿大的曼尼托巴省长大，周围都是门诺派社区。我在夏令营里听到的教导是：简单的生活才是最好的。

我二十多岁结婚，三十多岁生了孩子，研究生一毕业就有了工作。我对拥有的各种可能感到兴奋。事实上，我已经不太记得当时的感觉了，但是我知道并不只是骄傲而已，而是确信我的人生有很好的计划，每一次的打击都只是激励我再次前进的一小步。我要当一个好人，对自己的信仰忠诚。我希望信仰能偶尔给我一些荣耀和奖励。困难只是漫长一生的一个小岔路。

然而，我现在不确信了。

某一刻，我只是一个普通人，有着普通的问题。

下一刻,我得了癌症。我的脑子还无法完全理解,就这样发生了——不断膨胀,占据了我的想象力可以到达的每一处。一个新的、不想要的现实。得癌症以前是一回事,现在则是另一回事了。时间慢了下来。我还在呼吸吗?我在想。我想要继续呼吸吗?

每一天,我都做着同样的祈祷:老天,救我,救我,救我。记得我的小男孩。在你将我化为灰烬之前,请记得我的儿子、我的丈夫——在他们失去我,独自存活之前。

任何有过类似经验的人都知道,你的心里会有三个问题,很简单的问题,既浅薄又深刻。

为什么?
上天,你在吗?
这样的受苦有何意义?

一开始,这些问题很沉重,也很急迫。我可以听得到，我几乎可以听得到答案。我一直听到"**一切的发生自有其意义**"或"上天有更好的安排"。

以前充满确定的世界结束了。很多人似乎知道为什么。通常的解释是，这是一个秘密计划，目的是让我变得更好。"上天有更好的安排！""这是一个试炼，会让你更强大！"有时，这些解释里掺杂着《罗马书》里的句子。但是《罗马书》的作者保罗虽然一直崇拜上帝，他的尸体最后却被丢在无名冢里。我知道他们在说些什么。如果灾难真的是神秘计划，用来修正我的不忠诚导致的心灵迷途，那该有多好。

其他人则要我了解，我拥有足够的祝福了。"至少你有儿子。""至少你婚姻幸福。"我被完全拆解开来，我这半生累积的所有价值都被检视了一遍。

我很有把握，我死后，会有某个美丽的笨蛋告诉我丈夫："上天需要一位侍者。"好像上天就是虐待狂似的。

有时候我会想，我死了之后，大家会对我的丈夫说些什么。他有着浅褐色的头发和眼珠,我们从十五岁开始相爱,以为我们永远不会死去。

十年前,当我开始进行研究时,我不认为自己够了解"渴望"是什么。我才跟我爱的男人一起买了一栋小房子,里面放满书籍、宜家家具和一只身体柔软、四肢僵硬的玩具狗。我完全沉溺在永恒的青春里。我的人生由我主导,至少我可以用意志力改变我的生活。我的信仰将这种无限的信心称为"胜利"(我的成功可能来自我的努力和一点运气)。没有什么不幸是不能修补的。对许多人而言,它的宽度和深度在于它主张人生的痛苦完全可以清算,而我们深刻地渴望重建自己的幸福。身体不再健康、关系破碎、人生可能再也不会完整的美国人,可以寄望于这个带来希望的福音。这是一个游戏——获得成功的规则适用于每一个人——或许他们可以获胜。

但愿这个故事不同。但是这本书讲的是之前、之后以及人们如何在痛苦之中得到答案：为什么？为什么发生在我身上？在这之前我应该做些什么不同的事情吗？一切发生的事情真的都有其意义吗？如果正在发生的事情是我无法改变的，那么，我能够学习放下吗？

# 第一章 上苍公平吗

转诊到杜克大学医院的肠胃外科时，我的体重几乎已经掉了三十磅（译注：约13.6公斤）。每隔几小时，我就因为肚子像被刀刺了一样的疼痛而弯下腰。过去三个月经常如此。我已经发展出了一套仪式：用右手扶住最近的墙面，左手压着胃部，闭上眼睛，不发出任何声音。痛苦消失时，我会探手进包，拿出一大罐抗酸胃药，喝一口，站直身体，不发一语地继续做我的事情。我相信自己看起来很奇怪，但这是我长期以来所能做的最佳伪装了。

现在我感到疲惫，不想再伪装了。我先生托班和我在门诊室等着。医生走进小小的诊间，我谨慎地看着他。他重重地坐下，好像很气恼地叹气。

然后他说："嗯，我看了你上次的检验结果，还无法做出确切的诊断。"

我抗议了:"我不明白,我以为上次检验可能是我的胆的问题。"

他用僵硬的声音说:"不完全清楚。"

"所以你还不能帮我动手术?"

"没有任何证据显示我们的目标是正确的。我可以切除你的胆囊,但你可能还是会像今天这么痛,而且还要加上手术带来的痛苦和不便。"

我叹了口气:"我不知道如何让你,或任何人注意到问题所在。我看了各种专家,已经疯狂地痛了三个月,我没办法再继续这样下去了。"

他又从头说:"你要明白,这个诊断本来就不好太确定,在这方面我们也不可靠。"他冷淡地把问题抛给我,"我再说一次,我可以切除胆囊,但是我不知道你希望我说什么。"

"我要你说,你会考虑胆囊手术,你不会只是把我送出门去!没有人帮我解决问题,我真的再也受不了了!"我听到了自己的绝望。

他说:"我很抱歉你感觉如此。"我们坐在那里,瞪着彼此。

我大声地说:"我不会离开。在你让我接受其他检验前,我不会离开。"

"好吧!"他一面说,一面翻白眼。

"好。"

他开了断层扫描的单子,我气恼地松了一口气。他们会找到一个简单的问题,然后就没事了。我只要安排一下,接受那手术,没什么大不了的。

我在办公室,一面翻阅我最近的研究,一面踩着桌下的跑步机。电话响了。

"哈喽,我是凯特。"

是医院的珍。她准备了一番说辞,在我的脑子中进进出出。我可以听到她在说话,但是我无法理解。我听到了,不仅是我的胆囊。现在是在各处了。

我说:"什么在各处?"

"癌细胞。"我听到电话传来杂音,"鲍乐太太。"

我心不在焉地把听筒放回耳边:"嗯?"

"我们需要你立刻回医院。"

"当然,当然。"

我需要打电话给托班。

"女士!"

"噢,我知道。我会马上去。"

"会有人在大厅迎接你。"

"女士!"

"当然,当然,"我用微弱的声音说,"我有一个儿子。可是,我有一个儿子。"

长长的沉默——

她说:"是的,我很抱歉。"她停了一下,"我们需要你来医院。"我可以想象她站在办公室的电话旁,翻着手上的表格,好像还需要打电话给很多人。

"上苍善良吗?上苍公平吗?"

我在大学餐厅里,一位大个子挪威人提出这些问题。

"我觉得是。可是现在是早上七点,我肚子饿死了。"现在我怀疑了。

我最喜欢的信仰故事之一,来自一个电视节目双人组——格洛丽亚·科普兰和她的丈夫肯尼斯。格洛丽亚都七十多岁了,看起来还像一个时尚的地产中介。她的丈夫是真正的得州佬,看起来像是在农场上轻松舒服地过了一天的样子。几十年来,他们占据了电视荧屏以及一些书店,教导大家如何过富足的生活。他们不期待上苍只是公平——他们期待上苍不断地赐福。格洛丽亚说,当龙卷风来袭,几乎要摧毁他们的家时,他们晚上到前廊直接面对风暴。他们大声地一直祈祷,希望能保住他们的财产,甚至命令上苍也要保护他们邻居的屋子。

我无法忘记这个景象:世界上最富有的两个基督徒,对着天空挥舞拳头,对公平的上苍提出抗议。

毕竟,如果孩子要面包,哪个"父亲"会给孩子一块石头呢?

公平是"美国梦"里最迷人的信念了。辛勤工作,加上决心,以及偶尔的引导就可以获得成功。无论我住在美国的哪里,都能听到大家说,未来有无限的可能,只要我们具有成功所需要的个人特质。这是一种"成功乃天赋人权"的信念。成功来自仔细计算你到底值不值得,就像我和妹妹以前仔细检视我们讨来的万圣节糖果,经过精算,交换彼此的糖果。在这个世界上,我值得我获得的奖赏。我赚来我的奖赏,而且可以留着。在公平的世界里,我们永远不会失去我们抓在手里的东西。

我二十二岁结婚,当时的我非常笨,并非我和托班结婚这件事很蠢。和他结婚其实是我做过的最有意义的事情了。我非常笨,因为我当时根本不知道托班是价值无限的绩优股。他像是沙滩豪宅,而我原本可能找个小公寓就嫁了。当时的我只觉得他长得很帅,很擅长介绍溜滑板的技巧,而且他永远不会秃头。

他赶到我的办公室,手臂抱住我的脖子,我的话倾泻而出:"我永远爱你,我永远爱你。请照顾我们的儿子。"

他哭喊着:"我会!我会!"我知道这是真的,但是真相已经无法再帮助我们了。

去医院的路上,我打电话给爸妈。我必须停下来一会儿,靠着高大的石墙。托班的手放在我的背上,稳住我。我们两个都心神不定,在当下与过去之间进进出出。

我告诉爸妈,他们需要找个地方先坐下来。我告诉他们我得了癌症,看起来状况并不好。

我妈声音颤抖地冲口而出:"你必须把查克留给我们!你必须改变你的遗嘱!"我刚好正在为了保险写遗嘱,现在他们不会让我投保了,他们发现我得了癌症,就不会卖保险给我了。现在,我妈妈很困惑。她的孩子要死了,忽然整个世界似乎要垮了。她绝望地想抓住我的生命所余下的那一点:我的儿子。

我轻轻地说:"妈,托班会活着。查克可以跟着他。"

她说:"对……对……抱歉。哦,亲爱的,我真抱歉。"我知道她会像磐石一般地支持我,但是她在哭泣。他们正在去多伦多的路上,去看我的妹妹艾米。现在他们会随风飘浮,他们会找到我。在我手术前,我会在医院看到爸爸走进来,他会用一只手握着我的手,另一只手抚摸我的头发。这是我的父亲,打不倒的巨人,从来没有为了我的诊断而落泪。他不会让这个诊断定义他的女儿以及她的未来。

我打电话给妹妹们。她们乖乖地坐下。我们说的话感觉很不真实,但是充满了爱。接下来,我打电话给最要好的朋友凯瑟琳。她正坐在露天看台上看范德堡美式足球赛。她会立刻去开车,从另一个州赶过来看我,一路上打开车窗,向外尖叫。当我手术后醒来,我将看见她就在那里,我迷糊的头脑甚至忘了,我从未要求她过来。她知道我需要她。她会假装很舒服地睡在我床边的椅子上。当护士不肯拿冰块给我的时候,她将用她不可妥协的声音和护士沟通。

但是此刻,我坐在医院的房间里,还没动手术。

杜克大学医院像迷宫一般,我低头看着膝盖上自己的手。旁边床上摆着叠好的蓝色病服,机器像蟋蟀似的一直响。自几小时之前得知诊断结果以来,这是我第一次独处。时间残忍飞逝。托班正赶回家,告诉查克的大无畏的保姆发生了什么事。所有的家人都还在路上。除了低头看着我的白底大花的荷叶边裙子之外,我什么都不能做。我好爱这条裙子,我不想脱下来,我需要穿着它教课。

朋友乔纳森和贝丝到了。乔纳森冲进病房,把我抱了个满怀。他们在我的病床上坐下,带着慈悲的、不可置信的神情看着我。

我终于指着身上的裙子说:"我要你们帮我把这件衣服烧了。我不想再看到它。那段生命已经结束了。"我在崩溃与黑色幽默之间摇摆。我带着虚假的热情说:"我是最幸运的女孩。"然后我想到查克,立刻大哭起来。我弯着腰哭,紧紧地闭上眼睛,想要把世界挡在外面。

我继续说:"我不……我不知道该怎么办。"唯一感觉真实的,是他们的手在拍我的背。我用医院的床单抹着泪水:"我就是不知道该怎么办。"

"死掉。"贝丝安静地说。

我不知道她是在问我,还是在诉说事实,但是我停止了哭泣。她的话像是悬崖,我可以一直看到底。乔纳森开始安慰我,用话语填满空间,重新塑造世界,但是我只能想着贝丝的话:死掉。不可能。这是不可能的想法。我以为我的人生才刚开始呢,现在我却得思考它将突然结束。我想象脑子停了下来,呼吸逐渐缓慢,尚有心跳的整个身体像一艘正在下沉的船。但更糟糕的是,我用心建立的家庭即将瓦解了。

我的一生有两个完美的时刻。第一个是结婚那天,和托班一起跑出教堂,冲过大门,站在那里,气喘吁吁。只有我们两个,丈夫与妻子,像两个傻瓜似的看着彼此。另一个时刻就是查克第一次被放到我怀里,我们看着彼此,好像我们母子二人已经秘密地心心相印了。这些是我脑子里的图像,是我生命无法或缺的画面。我无法想象他们处在一个没有我的世界、我消失了的世界。

离开前,乔纳森和贝丝为我祈祷了很长的时间,把手放在我头上给我祝福,亲吻我哭湿了的脸颊。我请贝丝等我一下,我脱了裙子,换上医院里统一的患者服装,笨拙地绑背后的系带时,她帮了我一把。我把裙子交给她,她知道要怎么处理。

## 第二章 以前的我真的很闪亮

我的身体以前也让我失望过。那时二十八岁，我正在写一篇书本那么厚的论文。我正要晋升为教授。有一天下午，我正在写论文，忽然手指在键盘上逐渐慢了下来，然后停住了。我已经在电脑前坐了很久，但是没什么理由会导致这样不真实的麻痹。麻木感从我的肩膀一直蔓延到指尖。刚开始，我的手臂还有一点残余力气，可以抓握东西，或是花一分钟打一个字母，但是这样的力气也很快消失了。开车开到一半，我会突然无法握住方向盘。很快地，和别人握手成为每天最尴尬的事情。哦，哈喽。别在意我没有好好握住你的手，倒是你很专业地上下摇动我的手臂。

白天，我用各种方式适应手臂的无力感，无论是回信、改论文、切菜做晚饭，还是去健身房。我花了好几个小时，用埃及浴盐泡澡。淋浴的时候，如果托班在楼上听不到，我就哭一哭。有时我会放弃，用三角巾托着两只手臂，吊挂起来，这是个令人尴尬的社交话题。如果你只能偶尔用一下你的手臂，你能怎样？生活的分分秒秒都成为障碍跑了。

到了晚上，我继续做研究。我在教堂里听着布道以及圣坛上的访谈证言，我的手臂不再只是障碍，而是实物示范了。我无法好好写笔记，我必须录音，之后再慢慢地打逐字稿。如果你在现场，会看到疗愈布道场上有一个女人，手臂上吊着两个吊带，处在一群飞蛾扑火的老师、宣教者、疗愈者和先知之中。大家想要推我到舞台上，或是到舞台旁边，让一群女人碰触我的手臂、我的背部、我的头部，不断地为我祈祷。有时候，他们会邀我到一个安静的房间，一项一项地检查我可能犯过什么罪恶，才会开启大门，让魔鬼进入我的身体。魔鬼的名字包括派桑、希迪、瓦萨戈。这些助手想要知道，是谁在吸取我的生命。他们检查我的人生，一项一项仔细检视。是这件事吗？这能揭露什么黑暗呢？

在心灵世界，疗愈是神圣的权利，病痛是尚未告解的罪恶所产生的身体症状——代表未被原谅、不忠诚、未受检验的态度或轻忽怠慢的语言。痛苦的信徒就是一个个待解的谜团。引起病痛的原因是什么？我吊着三角巾吊带，走在人群中，我听到耳语，看到眼神，有些人充满同情，有些人则充满判断和不以为然，有些显得非常关心。在我最常去做研究的小教堂里，我知道大家爱我，大家为我祷告，大家照顾我。但是，一周又一周，我一再回到那里，我的手还是很虚弱，我的手臂仍然戴着辅具，我看到他们双唇紧闭，手臂交叠，我感觉到自己像是一个缺乏信念的人。

接下来的半年，我去看了至少三十五位医生，试着了解到底发生了什么事。

第一次看诊令人泄气。

"我想,你的伤是……"医生停顿下来,转头看着他带来会诊的另一位医生。他们两个都安静很久。

另一位医生说:"嗯,这种身材的女性常常有这个问题。"

医生不自觉地在胸前比出女性胸部的样子。我想,越快搞清楚这件事越好。

"像你这种,呃……身材的女人,做太多瑜伽就会造成某种伤害,胸部这里和那里的神经受到压迫。"他一边说,一边指来指去,"这就是为什么你的手臂会觉得麻木。所以,少做瑜伽!"他笑着说。

我快速地把东西塞回背包,离开。我很少做瑜伽,而且我才不是——比较礼貌的表述是什么呢?——胸部大到会成为拖累的人。

我关上门的时候,听到一位医生跟另一位说:"这是我这一周看到的第三个瑜伽受伤的病例了。"哦,简直是大胸脯瑜伽爱好者的流行病啊!

大部分时候,我既哀伤又愤怒。我对手臂生气,然后开始哭。每天都有朋友给我建议，甚至有陌生人看到我的吊带，温和地建议我去做腕道手术。我坐下来工作时总会担心，挫折的眼泪是否会让电脑短路。我的手臂几乎完全无力，可是我还有三百页的论文要写。每天，我试着使用声音转化软件，但总会出现错误的词。最后，我越来越忧郁，托班和我的爸妈终于认为我应该搬回加拿大待一个月。我的爸妈都是教授，却假装他们自己没有工作，可以整天协助我。他们确实帮了大忙——他们听我口述打出了我的整篇论文，一字一字地。我坐在沙发上，周围都是书，试着把自己的思绪化成完整的句子，爸爸或妈妈坐在我的对面，假装每一个思绪都非常棒。除了写论文，我们还一起看电视剧——《法律与秩序》(*Law & Order*)，吃外带中餐。

我的身体令我失望，让我们大家都失望。痛苦穿过我麻痹的双臂。我不是荣耀的见证了，至少在我身边的人看来，我不是。我根本不是上苍创造的奇迹。

我住在爸妈家的地下室，心里充满怨怼。我以前更好，不是吗？我酸苦地笑着对一位朋友说："我以前很闪亮，以前的我真的很闪亮。"

如果你问那些心存信仰的人，他们是怎么知道自己的人生方向正确与否的，他们会谈到见证。瘸子会走路了，盲人看得见了，付得起账单了，妻子开着亮晶晶的车子，孩子穿着价格标签都还在领子上的新衣服……这些都是爱的见证。牧师弗雷德里克·普莱斯的电视节目主题曲就是合唱团唱着："见证！见证！你需要吗？"我渴望自己也能提供见证。

在日常生活中，美国人很喜欢表现自己。大房子表示你工作勤奋，美丽的妻子表示你很有钱，订阅《纽约时报》显示你一定很聪明。如果你不确定，总有汽车贴纸可以指出谁是荣誉学生、谁跑完了马拉松。美国人喜欢很大的购物中心、更大的教堂，每个大厅里的星巴克处处证明了有人在乎我们是否拥有最棒的咖啡。

有时候,我在所谓的家庭价值里看到同样的心态。女人吹嘘着自己胖嘟嘟的宝宝和打着领结的小男孩。牧师让自己的妻子和孩子坐在教会前排,要他的小珍妮弗独唱,然后问:"各位,她是不是很有才华呢?"大家购买整洁附有多余客房的豪宅,以便万一教会救济的难民需要睡一晚。圣诞卡片是福音的缩影,上面的一张张图片显示:全家人穿着颜色和谐的棉麻衣服,在麦田里一起坐在快被压垮的沙发上。美国的每块麦田里都有摄影用的沙发吗?他们看着彼此笑着,照着他们的白光令我着迷。这些是好消息。

有些人无法承受完美。一位朋友看着刚出生的女儿,还湿答答的,无法承认他看到的景象。婴儿胖胖的,全身粉红色,眼睑微微肿胀,这正是一个完美的婴儿,却是一个有唐氏综合征的完美婴儿。即使他有满腔的爱,或者正是因为他有满腔的爱,他无法大声说出那五个字:"唐氏综合征"。这片铁幕变成一生的承诺,永远不承认他的女儿有任何不对劲。他开始相信,上苍会让他的女儿完整,即便那一天的到来是最后的审判日。

当这些人放弃"你是无限的"的美国梦,意味着什么呢?意味着并不是一切都有可能。如果富有不意味着有钱,完整不意味着治愈呢?我们拥有爱。这样就够了。

这位朋友的女儿出生没多久,我收到他寄来的圣诞卡片。我把它贴在冰箱门上,盯着看。阳光照射着他们。他们抬头笑着,宝宝在他怀里,一群小孩倚靠着妈妈。我慢慢地吐气。我忽然好希望有力气抱起宝宝,看着她的眼睛,说出我长久以来想听到的话:"你是完美的,亲爱的,你这个样子就是完美的。"

同样地,那个圣诞节,我坐在另一位医生面前。这个小个子医生靠着满是文件的桌子,显得十分重要,他的话甚至是绝对权威的。他问了我一些问题,但是大部分时候,似乎只是在惊讶于我看过多少医生。他听起来充满质疑,好像看这么多医生,本身就是病因似的。

他坚定地说:"我相信你的症状都是由心理因素引起的。我唯一可以提出的建议就是你找一位很好的心理医生。"

我惊讶地说:"你觉得这些症状是心理问题引起的幻想吗?我写论文的时候,手臂使用过度,现在不听使唤了,我们只需要研究这到底是为什么。"

我气个半死。他叙述的复杂心理症状是我亲眼见到的。父亲过世,他的女儿忽然无法移动双腿。一个学生害怕到忽然觉得喉咙紧闭,无法说话;这种事情可能发生,也可能持续好几个月,甚至好几年。但是我不认为医生看到的是同样的事情。他看到一个平凡的年轻女性,手臂无力,无法书写。我看到的是一位医生不愿意好好做检查来协助我。他是我看了一长串医生之后的最后一位,我以为他会是我最好的指望。他跟我说,写论文的压力压垮了我,但是我只看到他牙齿上的成人牙套,以及他的嘴唇如何弯曲地围着牙套。他在我的病历上写下:需要心理协助。现在没有人会认真看待我身体的问题了。不用协助我。没什么可看的。

我快速地冲出诊间，不希望他看到我哭，不想让他又多了一个理由认为我情绪不稳定。我穿过走廊，一直走到没人看得到我的角落。我坐到地板上，打电话给切尔西。切尔西和我是一辈子的朋友，她让我感觉被爱、被理解。中学时，我们参加同一个儿童柔道社，我不断地用我十一岁的臀部把她甩倒在地上，然后问躺在地上的她，今天吃麦片了没有。我不小心成为她的死对头，而她学会了原谅我。很久以前，我们就明白，我们之中，有一个人发生了什么，等于就是我们两个都发生了什么。我们的人生很像协力车，她去哪儿，我就去哪儿。我们看起来有些可笑。

我们两个长大的时候都充满希望，以为人生是公平的。我们二十多岁时，这个信心开始崩塌。我的身体失去了控制；她的丈夫没拿到移民签证，因此婚姻破碎。我们一起对于人生公平这个概念失去了信心。公平意味着，我不应该因为我的手无法握住一支笔而被迫用微笑图章或皱眉图章来评判学生的期末报告："这个微笑图章表示你的报告很详细，让我非常高兴!"司法部门应该将公民权赋予疲惫的移民。这些移民在枪声与烟雾中,安静地逃离黑暗中的村庄,孩子们希望没有人听到他们光脚穿过草丛的声音。公平意味着人生会奖励好人、惩罚坏人,或者至少假装一下吧。

信徒用很简单的方式解释为什么现实生活一定很公平。他们说,这里有一套原则来保持世界秩序。就像大自然的地心引力和热力学的原则一样,灵界也有原则,引导着人生,确保好事确实会发生在好人身上。告解原则开启了正向思考的力量,把我们向往的一切带到现实中。合意原则让两个或更多的人一起提升灵性,让祈祷成真。"十一原则"让信众捐出十分之一的收入给教会,在心灵上保证可回收十倍甚至百倍的回报。有多少原则,要看是谁在布道。有禁果原则、种子信仰原则和电视宣道家迈克·默多克写的整套生命原则书籍。广告宣称这套书是美国人"除了《圣经》之外,最喜爱的书"。这套书和奥普拉推荐的《秘密》——爆雷:"秘密"就是正向思考——有同样的假设。

心灵原则为不公平提供了优雅的解答。它们创造了牛顿定律般的宇宙,世界的纷扰可以被简化为因果关系。大家的人生依照他们是否跟随这些原则而定型。在这个世界里,痛苦都是有原因的,悲剧根本不存在。

我的手臂出问题的时候,有一阵子我觉得找到了方法,可以跳脱永无止境的希望与失望的轮回。我同意动手术。我躺在病床上,等着被推进手术室,护士问了我一堆例行性问题。

一位护士问:"你有没有怀孕的可能?"

"不,恐怕没有这个可能。"我看着托班好一会儿。这几年来,我们一直希望生孩子。每个月,验孕棒都是阴性的,我们之间只有沉默,心里想着,是运气不好,还是更糟糕的状态?这次的手术将延迟不孕治疗,感觉上像是生育季节即将结束了。

我回头继续看病房天花板上电视正在播出的《法

律与秩序》，托班在旁边椅子上用电脑工作。然后，我们听到一阵尖叫和许多惊讶的吸气声，一大群护士推开帷幕跑进来。

其中一位说："亲爱的，看样子，你今天不会动手术了。"他意有所指地看着我。我感觉到眼里逐渐涌起泪水，我的心脏开始加速，但是我说不出话来。

他说："你怀孕了！"所有的护士开始鼓掌。托班伸出手，把我拥进怀里。我们简直无法相信身边开心的尖叫。我把手放在肚子上。这是我的奇迹。

回家的一路上，我们快速而兴奋地说话，好像车子里充满了乙醚。我们心中充满了爱，我们爱彼此，我们爱这个宝宝，我们的爱即将到来。我们从医院回到家的时候，我十分确定，如果是男孩，我要用我爸爸的中间名字为他取名。托班则认为所有最棒的女孩名字都已经有人用过了。我们非常兴奋。我们兴奋得发抖，在屋子里乱晃，无法专心做任何事情，只能想着什么时候可以告诉我们的父母。

但是，一件事已经开始了……我觉得怪怪的，跑到厕所去。我尖叫着要托班过来。我弯着腰坐在那里，一切都变得模糊了。拖班用手臂拥抱我。我哭得全身发抖，肚子酸痛。我生自己的气，竟然爱上了这个短短三小时的美梦。

当我们说完能说的话，流完能流的眼泪，我们像笨蛋似的站在那里，无法说话，无法专心。托班终于离开，去煮咖啡了，只是想做些什么，手里握着什么。我却无法离开厕所。我脱掉衣服，打开淋浴的热水。我踏进浴缸，把脸颊贴在墙上冰凉的瓷砖上，闭上眼睛。我无法往下看。我只剩下血和水了。

# 第三章 上苍没有魔法

我的朋友布莱尔曾经邀请我去看一场艺术中心举办的魔术表演。我们到场后,马上明白了两件事。第一,从二楼几乎无法看到魔术表演。我们只看到模糊的白手套搭配着音乐动来动去,看不到什么让人印象深刻的画面。第二,魔术表演应该是有魔法的。开场时,舞台中间有一个帷幕帐篷,四周有舞者跳舞。她们转呀转,一直对着中间的帐篷挥手,但是当音乐结束,舞者摆着最终的姿势不动,身体却开始颤抖,我们意识到事情不太对劲。显然,暗门失常了,魔术师无法瞬间移动到我们的眼前。什么事情都没有发生。舞台前面的幕布降下来,二楼有两个女人捂着嘴笑了起来。

我近距离看过不同的魔法。我看过孤独症孩子的家长买特别的耳机，保证这可以"清理"孩子的耳道，让他终于可以理解他们的话。我见过家长为临终的孩子买特别的鞋子，说可以让他站起来走路。我看过布道者的广告，宣称他寄给信众的特别皮夹，可以自动复制放进里面的钞票。我递给脊椎按摩治疗师四十美元，购买特别的磁铁，刺激手臂，重建活力时，就会想到他们。我还多付了钱，购买去毒的足浴盐，说是可以从我被污染的身体里吸出毒素。有一阵子，我戴着朋友送我的特殊手环，广告上说可以引导正离子，或是某些听起来很科学的东西。我戴着，因为这让我和我的朋友都感觉好一些。我什么都试，根本不在乎是否有道理。我只是需要它们有用。

在我们的研究中，很少用"魔法"这个词，因为这样讲太便宜行事了，无法真正描述某种超自然力量。不，祈雨舞没有带来雨水；不，院子里埋的雕像没有帮你把房子卖掉；不，那个特别的祷告没有治好你的腿。因果关系（这个行为会造成这个结果）看起来太直接，也太含糊了，好像你在拉一条线，可是线的另一端却没有东西似的。

到了这个时候，我已经看了大约一百次门诊了，我坐在医生面前，手上拿着笔，一脸恼怒。这一切都已经模糊成一片了。我只希望得到一个确切的诊断，让我明白为什么还是无法打字、切菜做晚餐，或是至少在沙滩上假装自己会大车轮侧翻身。老天爷，我开始觉得自己像是一个没有安全感的女朋友：**告诉我，我到底哪里不对劲？问题是我。是我的问题，对不对？**

还有一个月，我就要动手术拿掉两根肋骨了。一位童年时期即认识的朋友介绍了一位医生给我。认识这位朋友的时候，我还在学大提琴。多年来，我一直看到很多伟大的音乐家患上各种手臂疼痛的毛病，后台总是弥漫着万金油的气味。我的朋友是鼓手，提到一家很有名的专门治疗音乐家和舞者的物理治疗学校。几小时内，我找到了本地一位物理治疗师，她似乎知道我发生了什么事情。

我们第一次见面充满羞辱。她上下打量我,一直摇头,要我走路给她看。摸到墙再走回来;我摸到墙,又走回去。

我走回去之后,她说:"你走路像大猩猩,真的。手指关节向前,微微驼背。这完全就是大猩猩。"

我笑了。我吃东西很大声,而且总是用嘴巴呼吸。再加上这句话,简直是……

她突然说:"躺在诊疗床上,对着这个蓝色气球呼气。"她不是因为有社交障碍才这么突兀。她要我做很多彼此完全无关的事情。我对着气球呼气之后,她教我一堆奇怪的伸展练习,还用各种老花镜片检查了我的眼睛。她用手重新"调整"我的肋骨,因为"肋骨就像汽车的底盘"。

这是到目前为止,我看过最奇怪的门诊了,但我还是听到自己问她:"你觉得你可以治好我吗?"

当她毫不迟疑回答"可以"时,我相信了她。

她很快就做出了诊断。我天生关节松散,这阵子为了写论文,坐得太久,打字也太久了,让天生的不对称更为严重。我的身体对如此不当对待的反应就是关节周围肌肉紧缩,压迫到了神经,让手臂麻痹。即便她说我是大猩猩,这个女人通过没什么人知道的姿势重建,竟然治好了我的手臂。就这样,我人生中的黑暗一页翻过去了。

从那时之后,一连串的好运让我一级一级地逃离我生活的荒漠。我在著名的大学获得梦寐以求的工作机会,对着各种优秀的人教导我的调查结果。我出版了第一本书,出版社还让我录了有声书的版本。开始录了五分钟之后,录音师通过麦克风问我:

"是不是……呃……之后都是像这样子?"他知道我们将一起录音好几个星期。

我回答:"是啊。"我很慢很慢地才明白,他不是在夸奖我。

虽然过程非常无聊,但是我做得很好。事实上,事情进行得如此顺利,不少的人开始注意到了,包括我最喜欢的两位信徒。

一位说:"亲爱的,一切都进行得很棒,而且你听到了很多伟大的信念信息。"她扬起一边眉毛,等待我的回复。她叫琳达,是我所知的女人中最努力祈祷的一位,她拥抱我的时候,闻起来总像是甜蜜的杉木。

"甜心,这真的管用。"瓦勒里说,"真的有用!看看你自己就知道了!"她是一位光鲜亮丽的商场女性,对于和信仰有关的问题,总是有无限的耐心回答。

我大大地微笑。

我们试图驯服超自然力量,不断努力,并且用各种词汇评估是否有效。黑猫、梯子、打翻盐罐是迷信,失败的预言被视为幻想或妄想。你不要怀疑,把所有一切都赌在超自然力量上。当你全身都在说"相信,相信,相信",当你发现自己对邻居说"你简直无法相信我刚才看到了什么"时,你不再只是观察者,你是见证者了。那么,问题是:会有用吗?

我的一位朋友是名信徒,他曾经失去过一位很爱的人。这个人过世太早了,他完全无法接受。一个刚刚开始绽放的生命就这样中断了。他和朋友都还是青少年而已。前一天,他们还在泥土路上一起跑步,聊着下一场袋棍球(编注:又称长曲棍球、棍网球等,使用顶端附有网袋的长棍进行的团体球类竞赛活动)比赛;接下来,他的父母就在一堆木头里挑选棺材的材料了。丧礼之前,我的朋友召唤了所有亲近的好朋友,一起围着棺木祈祷。他们废寝忘食地祈祷了整个晚上,祈祷了一天又一天,殷切地期望逝者能够复活。

"我们就是无法相信他不会复活,"他疲惫地摇着头告诉我,"我们无法相信。我们很有把握,这绝对没有结束。"

只要有魔法,只要一个奇迹,就可以让他们死去的朋友的心脏重新开始跳动。他们耗费了许多小时祈祷,他们把对信仰的爱变成了愤怒,因为尸体一直是冷的。耶稣不是让拉撒路从坟墓中复活了吗?奇迹不能让这个大家喜爱的男孩的冰冷尸体也复活吗?

他们渴望时间暂时停止,这是他们的拉撒路。他们相信祈祷将翻转最糟糕的事情,他们梦想着这个死去的男孩能够复活。这不是易如反掌吗?他们想象着男孩的脸颊出现血色,双手伸起来,握住他们的手;透过绸缎和木头听到男孩请求扶他起来的声音,他们会用力拍他的背,用男人式的温和暴力尴尬地表达他们的爱。

他们会说:"老兄,你吓到我们了。我们以为已经失去你了。"他们会泪流满面。而男孩可能会久久地拥抱他们,并且说:"我不知道你们做了些什么,但是我很开心真的有用。"

# 第四章 我不在乎等待

有十年之久，托班和我不想要孩子，因为我一直在学校念书，而且我们太穷了。不是那种像教堂里可爱小老鼠似的穷，而是有人会担心我们变得穷酸的那种穷。我们买不起橘子，然后喜欢用海盗的口吻讨论这件事情。在很长一段时间里，我们住在只有一个房间的公寓里，房东喜欢称之为"雅房"（efficiency）。托班和我坐在客厅沙发上，伸手就可以碰到厨房。沙发同时也是我们的床和桌子。我们坐在"沙发床桌子"上，看着深夜的电视节目或我们在学生中心找到的电影，同时计划着下一次的五元约会。我们不在意暂时延迟我们的梦想，但学校压力和两万美元的年收入帮我们做了决定。我们习惯一再延迟生孩子的计划，希望有朝一日我们能够拥有一栋小房子，有婴儿室和有线电视,而不是使用天线。当时,我们只能负担得起雅房(编注:指面积较小的偏高档住宅),怀孕比我们想象的更为困难。一年过去了。然后又一年过去了,我们以为一切已经太晚了。

我预约了不孕门诊,才刚开始填写初诊问卷,我就后悔了。我对着托班大声念出问卷上的问题,然后惊呼:"这不关他们的事啊!"

"这确实是他们的事。"他回答我。

"呃,不应该是他们的事。"我不悦地说。我试着适应毫无尊严可言的这一切。我真希望可以不让医疗专家知道某些生活细节,但是我无法拥有隐私。我们去看医生,正如我所预料:被人到处戳来戳去以及不断地等待。

去过几次门诊之后,有一天,托班和我在不孕中心停车场,数着眼中看到的婴儿。

"我看到零个婴儿。"我数了十几个女人进进出出,却没有看到任何婴儿,"这个地方对婴儿来说绝对是一个可怕的储藏室。"

他笑着说:"这本就不是一个放婴儿的地方啊。这是制造婴儿的地方,用最不性感的方式。"

我低头看着我们的手,在我的膝盖上扭绞着。

我们的医生叫作甘地,临床经验丰富。当他开始细数我们的选择时,让我想到高中同学安提娜的爸爸。他总是透过眼镜,低头看着我们,"拷问"我们可能惹上的麻烦,好像还活在 1965 年似的。

"你们飙车吗,女孩们?你们在露天电影院和男孩亲热吗?"我们看着他的眼镜,不看他的眼睛,才不会笑出来。

甘地医生看着我,表情有些失望,但是我不确定是为什么。我不觉得他给我们的表格可以确诊问题,解决的方法包含一堆针剂和药物,还有大量的等待。他建议我们延迟治疗,花几个月的时间观察荷尔蒙浓度,才能做出进一步的诊断。但是等待让我沮丧,让我想起为了解决神秘的手臂问题，那几个月毫无止境的未知感。我已经对医生感到非常厌烦了。我厌倦了等待，我不想延迟我的梦想了。

接下来的几个月，我用祈祷和做饼干，以及长时间无言地窝在托班臂膀里，来排遣一直没有结果的失望感。他会用手臂围住我，我们看着粉刷失败的天花板。我们坚持所有的修缮都应该由家人完成，出于爱，我们自己粉刷。

我从来没有注意到有多少教会谈及关于等待的话题，直到我开始努力备孕的时候。我从来没有注意有多少女人推着娃娃车，或抱着脸颊红润的婴儿，直到我必须常常站起来唱拜纳姆写的周日最受欢迎的歌：

> 我不在乎等待，
> 我不在乎等待，
> 我不在乎等待您，主啊。

她写歌词时，好像可以永恒地等待，直到听说：时候到了，时候到了。

在这无止境延期的季节中，切尔西和我忙着为别人高兴，都快累死了。我们好高兴亚曼达的丈夫靠着卖威士忌赚了那么多钱，她因此可以待在家里，或是去热带地区度假，找到最佳角度自拍。我们高兴极了，乔安娜的家庭计划完全成功，小凯蒂出生的那天正是她希望的日期。克里丝汀不断地告诉我们，她一旦下了决心，就甩掉了好几磅。她说："自律，女孩们。"我们因此都更用力地缩小腹。

事实上，我们如此擅长为别人高兴，当人们告诉我们，他们多么轻易地就找到阳光的时候，我们发展出某种特别的音调，有一点像吸了笑气似的追流行少女。每当我发现自己在说："然后你又和乐团到后台去啦？"就提醒自己，一定要接着说，"我真……真的为你感到高兴！"完全不诚恳，但只有切尔西知道，这是在安慰我们自己的灵魂。虽然我们的文化不相信运气,但我的身边全是世界上最幸运的人。

奥普拉就不相信运气。"我的一生没有什么是靠运气得来的。"她常常这么说,"没有。有很多恩典,很多祝福,很多天意,但是我不相信运气。对我而言,运气就是早准备好了,等着机会的来临。"运气意味着可能有那么一刻我们被保佑了,但好运也可能有一天会跑到隔壁家去。运气可能表示我们不会像诗人威廉·亨利说的那样:"我是命运的主人。我是我灵魂的船长。"

我完全不想剥夺我爱的人的任何东西。我变得越来越像《旧约》里的所罗门,拉扯着黑线。有时获得,有时失去;有时撕裂,有时缝合。在婴儿欢迎派对或升职庆祝派对里,我聆听着。有时可以说话,有时则需要闭上嘴巴。

我曾经一度相信魔法。

我和朋友在一个非常大的赌场、非常大的宾果大厅里玩宾果游戏。高高的天花板闪着许多人造灯光，让夜晚亮如白昼，无法分辨。大厅里坐了几百个人，一个男人从类似巨大的爆米花机器中拿出数字。朋友和我玩得很凶，手上抓着一支粉红色的笔，把喊到的数字画掉，每个人有一张三块钱的宾果卡，上面有六次机会可以玩。

我们玩了第一局游戏，然后第二局，越来越有信心掌握速度和规则。第一局的赢家是第一位完成一条横线的人，第二局的赢家则是第一位填完中间数字周围格子的人，等等。最后一局的规则是画掉卡上的所有数字。第一位画完所有数字的人可以赢得一千三百美元，当晚的最高奖金。

当我开始默默做一个荒谬至极的祷告时，我离胜利约三步之遥。

亲爱的神，我心里感到非常丢脸。我知道您平常不会做这种事情，如果您做这种事情，实在是很愚蠢。但是我们真的没钱了，我很想赢得这笔奖金。所以，如果您不介意的话，可不可以请您帮我赢得……

"宾果!"

我叫得非常大声,吓到了坐在我旁边的女人。

"宾果!"我又喊了一次。看到大家慢慢转头注视着我,有那么一会儿,我怀疑起自己:"不过我可能弄错了!"

但我是对的。主事者动作夸张地走过来,拿着钞票,在我和朋友面前铺成平面的金字塔。我告诉朋友我的祈祷,朋友笑到眼泪都出来了。我把神当成糖果机器,结果成功了。

几个月之后,我躲在厕所里,拿着验孕棒,重复说了同样的祈祷。那时我还没有开始真正进行不孕治疗,但我的身体似乎没有问题。我得到阳性反应。我又做了两次验孕,结果都是阳性。我关着门大喊起来,我无法看着托班眼里的期待。

"我怀孕了!"我大喊,试着保持声音平稳。

寂静。

"但是我或许弄错了!"我可以听见他隔着门笑

起来。

他合理地质问我:"甜心,你怎么会弄错?那些验孕棒不灵验吗?你还在里面干什么?"

我躺在地上,脚顶着门,把自己关在里面。我无法面对这个状况。我无法面对他。我觉得,一旦见到他,这一切就会成真了。感谢上苍,手机就在我身边。我打电话给切尔西,这个不可置信的结果让我哭了。如果魔法有公式,我只需要说正确的话就行了。但我知道这不只是魔法,还有别的因素。

"切尔西,你不会相信,我终于走运了。"

我说得太快了,来不及想我说了什么。我们两个笑得一塌糊涂,我必须放下手机,把马尾辫重新绑好。

结果,我的身体完全不像我的脑子那么想要个婴儿。怀孕的荷尔蒙让我已经很松的关节变得更松了。之前,松散的关节让我的手臂沉重无力,现在的我简直变成水母了。怀孕时间久了,我的髋骨处变得柔软,肚子像铅锤一样挂在肌腱上。胎儿很健康,但是我被他拉扯得不成样子。

一周又一周,我花越来越多的时间泡在浴缸里。早上,我慢慢地下床,勉强穿上鞋子,去教学生。到了中午,我必须坐在桌子或椅子上,几乎是直接面对面地教学生。我试着和学生互动,保持平易近人和有趣,但是大部分时间我都在试着将怀孕当作一件简单的幸事。

根据任何标准,那都是一次很健康的怀孕过程,除了我真希望自己能够昏迷,直到孩子出生。拜托,来个人把我一棒敲昏吧。疼痛像沉闷的怒吼。在教授餐会时,我抬起头看,发现有人跟我说了好久的话,我却没有注意到。

我红着脸说:"对不起,这个婴儿非常……吵。"

大家一直告诉我:"哎,等到孩子出生,那时候你才知道有多困难。"我现在真希望他们可以看到我阵痛时脸上的表情。在艰巨的阵痛节奏中,我竟然在微笑。

我一面喘着气,一面在电话里跟我嫂嫂说:"很棒啊!真的,感觉好多了。"

到达医院时,我已经阵痛了一整天,却没有进展。医生看了看我,建议我们先回家。

"你看起来不像正在阵痛的人。"她想当然地说。

"是啦,但是你必须帮我检查。很不幸,我对痛苦太有经验了。"

我的生产非常困难。我实在不应该谈起,因为一旦说了,也许有人会不愿意生孩子了。我只能说,阵痛持续了37个小时,没有缓解阵痛的现代药物。胎儿一直处于压力之下,当他的心跳在仪器上显得很不稳定的时候,医生决定开刀。之后又过了几个小时,医生才把他从我身体中取出来,放在我怀里。

我一向对婴儿缺乏柔软易感的情绪,我必须说,这个时刻对我来说实在很奇怪,好像有人按了重新启动的按钮,我的人生重新开始了。应该有人给我颁发一张出生证明的。

接下来是快乐的一年。对于许多母亲而言,这是世界上最惹人讨厌的话了。很多母亲喂奶有困难、发高烧，辛苦了一整天，晚上还要起来。我只能说，我完全没有预料到，我会这么快乐。我有了查克，完全令我满意的查克。他闻起来总是像香草饼干。他不香的时候，我就把他放进我们农庄洗碗槽的温水里，让他躺在漂浮着的防水青蛙枕头上。

宝宝查克就像孔雀鱼一样，用表情丰富的大眼睛看着我。很难喂养他，很难取悦他，很难把他放在床上。每次他想放松时，一定要我们上下用力摇他，好像要把他的脑干摇松了似的。上上下下，让他放松，闭上眼睛。在我给亲友寄的照片里，查克看起来像有智慧的图书馆管理员，头发梳得好好的，羊毛衫厚重的领子拉起来，围着脖子，我看着他，以母亲充满幻想的爱，认为他一定会长得很帅。他后来也确实变得很英俊。

我第一本书是我的另一个宝宝。这本书在查克出生前几个月就出版了，所以这一段时间里，我都在享受出书后的喜悦。这是作者最开心的时刻了。书已经问世,我看起来既重要又忙碌,其实我正在家里穿着睡衣吃比萨。我被丈夫的爱、儿子的叽叽呱呱、高效率的荣耀包围着。

三十四岁生日时,我终于可以对自己承认这一点了。我写了谢函给所有的亲友,附上小查克的照片,他躺在洗碗槽的"小青蛙"上,头发像雷达天线似的翘在头上。卡片上写着:

> 传说中,三十三岁(耶稣受难时的岁数)一定会很惨,我的三十三岁正巧相反。如果有人是公证人,可以公开证明我这样说。谢谢你一路上的支持,直到今天。

参加我教授的课程的学生有 150 位。他们知道了我写的卡片内容,送了我一个很大的礼物篮,里面都是送给查克的宝宝睡衣和 T 恤,上面印着大大的字:"蒙受祝福的"。

## 第五章 我是世界上唯一正在死掉的人

几个小时前,乔纳森和贝丝带走了我的裙装。现在,我躺在病床上,等着开刀。我数着自己剩下的时间,发现完全不够,我渴望活着的应许。我一直在想,我现在三十五岁,但是活不过今年了,时间不够了。我没有足够的时间把孩子养大成人。这不是我答应丈夫的人生。我计划的未来完全不是这样子的。把癌症拿走吧,拯救我,让我当一个妻子、母亲和教授,活下来述说奇迹的荣耀。我在和奇迹商量。我试着找到魔法公式,把我带出这个消过毒的房间,回到我自己温暖的床上,听着婴儿监听器里传来查克咿咿呀呀的声音,说着妈妈和拖拉车。多半是在讲拖拉车。老天啊,请让我继续当喜爱拖拉车的男孩的妈妈吧!

一切都感觉奇怪又缓慢。我服用了止痛剂,房间里没有钟。我无法确定这是我拿到诊断结果的那一天，还是我动手术的那一天；还是说，这两天其实是同一天。第一个迹象显示我拿到诊断结果是两天前的事情，因为教会在为我守夜。在杜克大学神学院工作的一大好处是，我的朋友全是牧师。我的同事是牧师，我的朋友是牧师，我的学生即将成为牧师。现在，不但有一堆牧师在我的病房里，还有一群牧师在附近的亲友等待室里，以及神学院的教堂里。大家决定在我动手术时，一起为我祈祷。他们一个又一个地持续祈祷，直到有人接手。有些是好朋友，有些只是认识的人，大部分的人都比我聪明多了。后来我才知道，我所知道的最严肃的学者——一位写过厚重书籍，拥有许多件丝绒西装上衣的学者——祈求奇迹让我活下去的时候，哭得稀里哗啦。我高兴得不得了。他们教会了我癌症人生的第一课：首先要放下的，就是骄傲。

从某个角度看，我动手术前的时刻总是很精彩。我这一生中，每次动手术前，护士总在四周忙来忙去，帅气的医生总在发出指令，我往往可以从中找到最好的写作素材。拔智齿之前，我吞了一些药，好吧，是很多药。我抓住一个人的领子，告诉他，要把牙齿留着，我要拿来帮托班做一条项链。紧急割除发炎的阑尾之前，我要他们尽量减小疤痕，好让我参加加拿大小姐的泳衣比赛。

这次，我告诉护士，割除这个巨大的肠癌肿瘤之后，我终于可以达到理想的体重了。我得到的反响很热烈。接着，我说了跟这位医生为了我的腹痛吵了一架之后一直想说的话。那时候，我对他吼着说："我不要像每个病人一样，就这样乖乖地离开。我要你为我做更多检查！"（译注：这里指的是作者因一直得不到确切的诊断而发怒，坚持让医生做更详细的检查。）他对我翻白眼。现在，他站在我旁边，我抓住他的手臂，把他拉向我，用低沉严肃的声音说："最好不要在我的眼睛还看着你的时候就让我死掉，小心我的鬼魂来找你。"（译注：作者指的是，古时候行刑，刽子手会蒙着脸，犯人不可以看着刽子手，以免鬼魂跟着刽子手。)护士们都大笑起来。我在心里决定,当我的一生被拍成电影的时候,马修·麦康纳会饰演医生,而且嘴里一定要一直嚼着口香糖,眼睛不直接看我,而是看着我背后的空间。薇诺娜·瑞德会饰演我,完美的脸蛋上总是闪过一千种情绪。

医生会为我再次创造奇迹,观众一定会逐渐爱上他。手术原本预定两个小时,但是实际上花了四个小时。等待室里挤满了我的朋友和同事,还有一直来回踱步的爸爸。大家士气低落,猜测可能发生了什么不对劲的事情。其实是医生多花了一些时间,把我的手术创口好好缝合起来,而不是帮我做一个造口,装排泄袋。他不需要这么做。手术前一小时,一位声音平稳的女人过来找我,给了我一个很大的塑料袋,跟我说,在最近的一段时间里,我都会从肚子上的一个洞口大便,但是不用担心,很多名人也有同样的遭遇。然后我说了很深刻的话,类似:"当然。"因为当时我根本不觉得我会活过那个晚上。

医生提到"第四期"的时候,口气很谨慎。第四期意味着我肚子里全是癌细胞。奇怪的是,这个现实让我心里充满了爱:爱我的儿子,爱我的朋友和家人。爱我的丈夫,手术前就坐在我身边,紧紧地握住我的手。

他说:"你现在看我的样子,证明了你对我的爱,虽然我从未怀疑过。"他停下来,无法再说下去了。他知道,我希望他知道,我从他十五岁的时候就一直爱着他。我在他的金发上喷漂白水,让他的头发颜色显得更淡,我还为他穿上不应该提起的紫色小背心。

他离开了一会儿,我马上打电话给切尔西和我的嫂嫂,刻意地指示她们:"你们一定要答应我,你们会跟他说,要再结婚。我不希望这件事终结了我们两个的人生。"当我说到"查克需要一个母亲"时就说不下去了,她们也听不下去了。她们希望听到我说,我会奋战到底,我会把自己从悬崖边拯救回来。我则是希望听到她们保证,即使我的生命结束,我的爱也不会结束。

昨晚我无法入眠,一个人醒着,想着各种于事无补的问题。为什么整个夏天,医生不顾我的疼痛,要我回家呢?急诊室医生怎么可以给我克酸胃药,然后跟我抱怨,现在很多人为了各种小病痛,像是脚趾受点小伤,就到急诊室看诊。整个夏天,我的皮包里放着粉红色的胃药乳液,一阵又一阵的腹痛让我痛得不断喘息。结果,我得的是第二不性感的癌症——结肠癌,还好不是直肠癌。

手术后,我醒过来,很惊讶,很高兴。他们从手术室把我推出来,穿过走廊,我看到另一位好友查德。他从亚拉巴马州连夜开车过来,站在托班身边,脸上带着鼓励的微笑。

"噢,老友,"我说的好像是,"你在这里……真好……你看起来好好好好好……好瘦。"

我在药效下说了许多话。这是第一段话。处于麻醉状态下的凯特对于大家应该如何过日子,有很多想法、很多意见。大部分时候,我试着告诉亲朋好友,他们对我如何重要,但是结果说得比这个更多。

几小时之后,我坐着跟一位朋友说:"哦,亲爱的,时候到了,该走了。你可以不用管你的事业!是的,事业尚未完成,事情还没做完。但是你如果一直待在这里,苦涩的心会把我爱你的一切都吞噬掉。如果你不离开,我会永远恨你。"我说最后那一句,是为了逗他笑。我的手放在他头上,我们的脸上都流着泪。他越来越老了,很快,不久之后,他会搬离这个城市,在别处重新开始。后来,我知道了他过得很开心。我仰慕的人能重新开启自己的人生,让我觉得我的内在有些什么被疗愈了。

一位同事坐在我身边,我不记得到底是为什么了,但是我告诉他该怎么做:"除非你从内心深处原谅他们,否则你不会快乐的。老兄,没有别的办法了。你必须原谅。"我的朋友卡住了,但是如果他能够解套,噢,他可以征服世界。首先,他必须停下来,不要再扛着失望与比较的重担。我不知道为什么之前我什么都没有说。

我把最糟糕的爱留给切尔西,我的磐石,像是双胞胎的好姐妹。护士正在换我的绷带,我的手机紧紧靠着我的耳朵。切尔西试着和我说话,但是想说的话实在是太多了。

"亲爱的,我觉得我快要没有时间了。"我终于吐出了这些话,"我不想这么戏剧化,但是我担心,如果你也快要没有时间了呢?"她知道我在说些什么。她是我认识的人里面,工作最勤奋的一个。她的无私让她把太多的自我放在未来的"有一天"里。这一天已经到来了,至少我的这一天已经到了。

每次我碎成一片一片,她都会帮我拼凑回来。我知道她想把手伸出来,透过电话,将我抓过去,躲进我们的大泡泡里,一个人哭,另一个人用无畏的爱找出问题所在。

最后我说:"我必须挂电话了,我必须去调整药物剂量。"但是我们坐在那里,不肯道别。我终于说:"切尔西,去好好过你的人生吧!"

我说的这些话,其实都是祝福。不要有负担地活着,要自由地活着。不要仰赖永恒,永恒可能不会来临。这些是我对你的最佳期许,至少你要往前,试一试。我不知道如何死亡,但是我知道如何把这个难以承受的哀伤变成希望,他们的希望。听起来不像道别,听起来比较像:我的爱,祝福你!

大家来医院看我,但他们总会离开,留下仪器所发出的"哔、哔、哔"的心跳声。这是我感受过的最孤单的时刻。小时候,我家附近住的都是门诺派教徒。门诺派教徒的血液中流着大地之爱,他们一心向往简单朴实的生活,个性非常温和,非常喜欢果冻沙拉。我家不信奉门诺派,但是我会去门诺教会做礼拜,参加门诺派夏令营,我的婚礼采用门诺派仪式。

我嫁了一位非常帅、下巴方正的门诺派教徒,我们两个当时都很年轻,他至今仍然迷恋着我喜欢随时开口唱歌的个性。我们的婚礼简朴而丰足。感恩节的时候,我邀请了足够挤满整个地下室的客人,摆出折叠桌,上面摆满了火鸡和沙拉。

门诺派文化最棒和最糟的部分都来自他们是一

个封闭的社群。一般来说,他们都是同一个社区的人,一起从俄罗斯南部移民到美国和加拿大。所有的门诺派教徒都有着相同的血缘。我长大的地方,这些门诺派教徒大约有二十个令人兴奋的姓氏可供选择,像:杜克(Dueck)、洛普奇(Loeppky)、潘诺尔(Penner)、巴克曼(Barkman)、弗里森(Friesen)等等。我常常在新娘新郎双方都姓弗里森的婚礼上当伴娘。在我自己的婚礼彩排时,我呼叫马克·潘诺尔上前,结果有三个人同时站起来。大部分的人都是土生土长的。虽然科学尚未证实,但是我很确定他们遗传了擅长唱四部合音、做辫子面包和手作果酱的才华。门诺派教会也是最适合找男朋友的地方。

现在我最思念的是,他们非常擅长和大家一起受苦。每个门诺派家庭都有口传的家族历史故事,而且总是十分哀伤。他们会花时间告诉孩子,曾祖父母刚刚移民加拿大的第一个冬天有多苦,骄傲地展示一本大大的 17 世纪出版的书,称为《烈士镜子》(*Martyrs Mirror*)。书中目录包含了祖先的各种可怕的死法。或许，加入门诺派最奇特的安慰就是：他们坚持，人不应该单独受苦。他们会说到"我们"的受苦受难、"我们"的村镇、"我们"的社群。如果有一部分门诺派教徒反对学校教英语，整个社群会一起搬家，去新的地方重新开始。他们可能是我研究过的最爱争吵的一群人了。我曾经读过一份为期一年的争执记录，其内容只是为了决定是否要采用他们很喜欢的某首赞美诗；但是我喜欢他们的目标：共识，他们会一起活，一起死。

我开始担心，我会死在这里，远离我在加拿大门诺派社区的家，无法感受到成为其中一分子的甜美氛围。多年前的感恩节，我开始有这种感觉。当时，我看到托班的潘诺尔祖母用黑色墨汁把我的名字写在我的座位卡上——那张祖母年年保留的座位卡。当时托班和我才刚开始约会，但是我的名字已经写入他们的家族了。刹那间，屋子好像活起来似的。我可以听到一群男人在比较着彼此曾经撞坏的车子，看到托班的阿姨、姐妹和堂姐妹把十几个派放在乒乓桌上。潘诺尔祖母把我叫过去,用皱皱的手教我如何把面包一层一层叠好。我们都坐在折叠桌前,唱过谢饭歌之后,一位堂嫂看了我的座位卡。

她慧黠地问:"用笔写的,嗯?"

我微笑。

"好棒!你算是自己人了。我的祖母看了我哥哥的女朋友一眼,对我耳语说:'我们用铅笔写她的名字吧。'"

但是并非所有的事情都可以大家一起做。托班坐在我的病床旁边,我试着跟他解释。大家表现得好像我会飞走,我的背上会忽然长出一对翅膀,我的脚会离地,我会挥手道别,然后飞向白云。

我跟托班说:"不是那样的,我不会飞走。"

托班看着我,脸上的表情显示,他不知道我在说什么,但是知道最好不要问我问题。他倾身向前,握住我的双手。

"我不会飞走。"我又说了一次。我的话中充满情绪。我想起我曾经听到的一位青春期男孩的故事，他得了癌症，即将离世。他一直呛着。后来，医生才搞清楚他想做什么。他想要再一次好好地大哭一场，但是他的肺部都是液体，无法呼吸。医生叫来了护士，一起慢慢地清空他的肺部积水，让男孩好好地哭一次，直到最后一口气——男孩既难过又满意。

"我不知道怎么解释，托班，就像我们都漂在海上，每个人都抓紧自己的救生圈。我们都漂着，但是大家似乎不知道我们正在沉下去。有些人沉得比较快，但是所有的人都在沉下去！"

我一直有这种不好的想法：我即将死去了，大家却还在浏览 Instagram。我知道这样说不公平，每个人的人生都不容易，但有时候我就是觉得，我是世界上唯一正在死掉的人。

"我们正在下沉，慢慢地。有一天，正当大家看着，我会无法呼吸，我会沉下去。"即使只是在解释这件事情，我都会越来越恐慌，"会有那么一天，我无法再呼吸了，我会淹死。"

我可以清楚地看见，大家谈到的死后的世界，好像只要轻松一跳就可以到达。死后的世界和地球之间有一层帷幕，会打开来，我会穿过帷幕，前往那里。

死后的世界对我而言意味着：有一天，我会得到一副新的肺，我可以游着离开。

但是，首先，我得被淹死。

每天早晨，我都活过同样的时刻。我可以从婴儿监听器里听到查克咿咿呀呀地发出声音，说着他刚学会的新词。"妈妈！爸爸！打督！"意思是："妈妈，爸爸，拖拉机，把我从这监牢中放出去。"

以前，这是一天中我最喜欢的一刻。我被儿子的声音吵醒，把他抱出小床，温暖的牛奶就放在尿布台旁边。我重新创造了世界。我拯救了九公斤肉肉的手臂、腿和脸颊，让他可以穿着羊毛睡衣，自由地探索家里，找他的玩具拖拉车。

自从确诊之后，在睡眠和清醒之间，有那么一分钟，我会忘记一些事，只模糊地感到我似乎应该记得什么。在温暖的床上,我陷在梦境中。然后,我忽然被淹没了。我要死了。我要死了。我是我儿子第一个道别的人。我不是新的一天的开始,我是日落时分。

有一天,我梦到癌症。我看着一个普通家庭的窗户,看到一个女人在陈设餐桌,然后弯腰抱起我的儿子。我在船上遇到了风暴,我用清亮的声音跟船员说,不要担心我,反正我马上要死了。我说得很有把握,没有意识到话语的重量和嘴唇发出的声音。白天的时候,真正的白天,我开始注意到这个哀伤逐渐扩散。我的朋友承受了我的诚实。切尔西开始收到我的密码,以及我的坚定指示,教她如何处理我的工作。我告诉莱西,我的日记放在哪里,我不愿意将其留给子孙后代。二十一岁的凯特会留下来,她的日记里每天都写了一个叫作柯林的男孩做了什么。如果柯林在一九九二年上了法庭,我的日记如此详尽,一定可以为他做证,或是让他定罪,或是放他自由。

手术两周后,我出院回家了。我试着慢慢地到处走动一下,但是大部分时候,我都坐在椅子上。所以,很自然地,我开始要求家人以及来拜访的朋友帮我把屋里各处散放的书拿过来。我试图挑选出,以我有限的时间,还能够阅读的那些书。我会把不想读的书送人,并拿出我的笔记本电脑,开始在网上罗列出售。我花很多时间进行这项计划,我强迫爸爸和朋友陪我一起坐在那里,眯着眼睛阅读每一本书,寻找书的条形码和国际标准书号。我总是有办法慢慢地让别人做我要他们做的事情,我的母亲以前称之为"大手套"(Giant Mitts)。她是好意,指的是某种快乐、松软的领导方式。我看着这一排工作者,每个人都捧着一大堆书,堆得高高的,我几乎要看不见他们了。我开始看到,我真正的面貌。我是一台上好了油、运作非常有效率的机器。我们花好几个小时做这件事,一直做到深夜。托班为什么要这些书?我问他们。一直以来,这些书都是我的嗜好,我的东西。如果他必须整理这几百本书,不是很糟糕吗?

"人生就是一连串的失去。"一个下午,我公公一直这么说着。我们正坐在前廊,我总是坐在这里,全身裹着毯子,看着天空。没有天花板的世界,伴着鸟鸣,白云慢慢飘过,这样的世界可以赶走恐惧的味道。

"爹地,你说什么?"我喜欢叫他爹地。他个性温和,非常有疗愈性,愿意在露营时帮我编头发,因此赢得了这个称号。

他回答:"哦,我只是在想,年纪大了,就会一直失去这个,失去那个。"

"嗯。"他说得对。年纪渐大,我们的各种感官会慢慢退化,甚至会失去我们的各种乐趣,我们的父母、我们的朋友,准备面对自己的离去。这个想法挺有意思的。

"一开始是壁球。"他忽然说,让我一下子回到了现实。

"什么?"

"我五十多岁的时候,必须放弃壁球。"

"我现在可不会担心这一类的事情!"我假装生气

地吼他。他笑了,接下来花了半小时,重复说明他的看法,直到我请他不要再说了,我们应该去弄些咖啡和面包。我现在的习惯越来越像个老人了。

老天啊,请救我远离老人吧!每次和年纪大的朋友在一起,一旦有人开始抱怨臀部疼痛,所有人都会慢慢转头看我的反应。我不会让他们失望的。

"真是……抱歉啊!"我用充满讽刺的声音同情地说,"长长……长寿已经变成您的负担了吗?"这些人都是荣誉席的教授,从来没有被人好好取笑一番过。但是他们渐渐成为我最要好的朋友了。我们可以坐在同一张长椅上,安静地想着,要拿剩下的时光做什么。

我开始在午休、去医院就诊、嫂嫂想办法让我进食之间的安静时刻写信给查克。查克可以和我一起坐在床上,但是大部分时间他只想滚来滚去。他不能碰到我肚子上的伤口,所以我不能抱他,这让我觉得疲倦、失落。感觉时间就在我们两个人之间不断流逝。等他再大一点,他会知道当他们把他放进我怀里时,我是什么感觉吗?查克,没有什么比得上那种感觉。

护士说,当我们彼此相望时,我不断重复地说:"是你,一直都是你。"

我以前总是认为,哀伤是充满懊悔的老人或是年轻人,回头看自己的人生,思考错失的机会。我现在知道,哀伤是眼睛透过泪水看着无法承受的未来。只有爱,无法重建世界。残酷的世界要求你对不可能改变的事——分离、破碎、没有终点的结束——投降。

坏习惯、错误的开始和破碎的关系是一回事。我这一生都在试着寻找我可以改善、赎罪的事情,奉献出去,说:好啦,我全都放弃了。但是,放弃家庭完全是另一回事。我们三个人,绑在一起。这不只是我一个人的事,我没有权利放弃。我站在儿子的婴儿床前,可以看到我丈夫眼里的渴望。他在看着我,看我会不会逐渐消失。我也看着他,因为这是我唯一能做的。我可以对这个人很温柔,很温柔地对他说话。他睡着时,我可以帮他盖好毯子,盖住他裸露的强壮肩膀。我知道,我知道。水在涨,堤防会塌,大水会把我们冲散。但是在那一天来临之前,我一直在这里,我不会放手。

我曾经偶然去过一座大教堂,希望参加一场普通的布道,结果却是一场丧礼。我拿起程序单,看到封面上有一张名人照片,微笑地看着我。我一直认为他是一位善良、直爽的宣道士,开心地保证大家可以获得疗愈和成功,因为他全心全意相信神丰足的赐福。但是他中年就过世了,留下一堆人——充满善意的人——苦苦寻找他死亡的意义。即使是程序单上,也必须讨论大家心里在想的问题:为什么?他的信仰不坚定吗?他不能按自己教导的那些道理来做事吗?在世界上,你做的一切都会像回力镖似的回到你身上——无论是好事或坏事——年纪轻轻就过世的人就是虚伪或失败的人,这些人没有通过试炼。

我听过无数关于否认死亡的故事。一位牧师中止丧礼,不准棺材入土,试图让那位年轻男孩复活。医院里,一位女士听到诊断之后,拒绝接受治疗,因为她相信她的神会治好她,家人绝望地看着她越来越虚弱。一位有名的疗愈者用自己溃烂的腿当作信仰的试纸,最后还是过世了。美国邮局必须请一位牧师不要再宣称自己可以让死者复生,因为绝望的家人带着棺材来找他,造成塞车,使得邮差无法送信。

但是大部分的时候,我看到很多人试图不让他们爱的人变得虚弱。在候诊室,一个女儿请她的老母亲在看医生之前,先擦上口红、面露微笑。我认识的一位男士,想要终止痛苦的疗程,接受终点,但是不想让他的家人失望。护士交给我一份表格,她一面看着我打钩的项目,一面说:"但是至少你在这里了!"我钩的是:疲惫、失眠、疼痛、沮丧。每一个词听起来都像是放弃。


哀伤一定有某种节奏,但是我不知道。

大家开始轮流探望我,因为不可能同时一起探望。动手术时,无法去医院陪我的家人和朋友来家里看我。我们一直重复同样的过程。我坐在外面,裹着毯子,晒着阳光,我喜欢的人围在我身边。我的牧师拿出她的《圣经诗篇》，握着我的手读了一会儿。我妈妈经常煮东西，在冰箱里装满各种抗癌食物。我姐姐艾米寄来点心和许多鼓励的话语，我妹妹玛丽亚没办法过来陪我的时候，经常从纽约写信给我，并且寄诗和各种短文来。她在纽约一家天主教杂志当编辑。她对我有两个大的期望：第一，痊愈；第二，疗程结束前，我可以一拳打在离我最近的、不体贴的人脸上。

我有很多恐惧，有些说出来了，有些没说。我刚到学校任职的时候，意识到我会在美国住上一段时间。我很多次吵嚷着抗议："我不要死在外国！"我也表示不要死在办公室里。这种事情以前发生过（教授们都很容易一心一意地专注做研究）。我才二十九岁，就永远被"放逐"到外国了，看起来多悲哀啊！现在回想，我曾经不经意地计划着我要埋在哪里，担心我会永远无法整合我所有的身份认同：远离娘家的女儿、花太多时间工作的朋友、流浪者、工作勤奋的计划者。我想着，不知道我有没有可能成为一个完整的人。现在我不期望任何形式的完整了，我只能想着各种细节。

一个晚上,我几乎每个小时都会醒过来,脑子里只有一个可怕的念头:把我的尸体带回家乡,会不会又是一场公文上的噩梦?

当我在学校上课时,我讲到美国18世纪的宗教复兴、大觉醒运动,以及宗教界对美国内战的反应。我讲到宗教界人士不知道闭嘴,于是政治立场的差异摧毁了接下来的感恩节。身为历史学者,我从来不教他们如何进行洗礼、婚礼或丧礼。我也从未告诉他们,拜访将死的人时,要说些什么。我没有教他们,去拜访将死之人时,不要坐在沙发上,嘴里塞满饼干,问一大堆癌症治疗进行得如何的问题。我没有告诉他们,无须多说,只要多碰触。我哭的时候,把手放在我的背上;祈祷的时候,把手放在我的头上。当我觉得自己正在消失的时候,支持我,让我重生。老同事弗兰克失去了他的成年儿子。他来医院看我的时候,用他的大手握住我的手,小声地说:"我穿牧师服是为了让你印象深刻,同时也是为了让医院的保安人员放行。"

大学时，那些很棒的嬉皮朋友很爱拿我是基督徒大开玩笑。那时我还不知道，美国人是根据自己的个性选择大学的。我所知所学的一切，都是来自周六上午的电视连续剧——《放你一马》(Saved by the Bell)。节目里从来没有提到，充满自由主义的学校里不会有很多人喜欢在观念狭隘的小镇里长大的童年。事实上，他们会觉得你和你的信仰很可笑。有那么整整一学期，他们把我的学校宿舍地址寄给了全国的牧师。我打开信箱，里面塞满了各种宣教物品，例如可以放在身体不适部位的灵性手帕、抹在前额的绿油、放进鞋子里的假金币，或可以放在枕头底下的东西。

我开始臣服于在周遭放东西。托班在我的床边钉了一个小书架，我可以躺在那里，随手拿书。我放了一些实际的东西，让自己觉得有用——瓶装水、轻的举重铃、一叠最新的美国宗教历史书。其他物品都是我的朋友的。两个镀金人像——一位是大天使米迦勒(Archangel Michael)，另一位是保护癌症病人的意大利教士圣皮耶格林(St. Peregrine)——站在那里看着我。一个老旧的相框里，两个相貌模糊的青少年对着镜头微笑。那是我和托班的第一张合照，我们当时不知为何跳了起来。一个小小的木头钢琴八音盒可以演奏好听的音乐，里面有旧的加拿大钞票、失去光泽的项链、我祖父以前收集的光亮石头。在一面大的黑色画布上，手绘了我最喜欢的电视节目中那位女英雄的一句话："我是自己的榜样，真是奇怪。"我让这些纪念品围绕着我，可以随时碰触，提醒自己，我曾经是可以下床的凯特。

　　手术后，躺在床上，我试着复原，但是我睡不好。最糟的事情都在黑暗中发生。在医院的时候我学到了，医生如果想要告诉你什么事，他们会在凌晨四点钟来告诉你。那个时候，他们刚开始巡视病房，而你还在睡觉。如果消息真的很糟，他们会派医师袍最短的医生来告诉你。医师袍的长短可以显示资历深浅，袍子最长的代表最资深的领头医生；最短的代表资历最浅、宇宙中最焦虑的新手医生。我第一次听到自己能活多久的消息,是一位短袍医生来告诉我的。很显然,在研究型医院里,这是一次教学机会。如果病人遭遇的是他或她此生最糟糕的一刻,那么就派实习医生去。还好,我的短袍医生来自加拿大。他坐下来,说了一大堆话,我只记得:"你有百分之三十到百分之五十的机会存活。"依据他们的定义,存活是指两年的生命期。我的脑子一片模糊且运行非常缓慢。我只能想着:"如果你要对我说这种话,你最好先握住我的手。"我一直想有人握住我的手,暂时不要放弃我。

四周一切都在逼我放弃希望,让我觉得活不过这一年。我去癌症诊所检查手术后的缝线,医生助理走了进来。她温和地打了招呼,显示至少在医院环境里,她自认为是一个善良的人。

"你好吗?"她一边问一边按了按我肚子上的手术疤痕。我猛地吸一口气,忍住疼痛。

"很困难。"我回答的同时也假装在读墙上的海报,免得自己哭出来。

她站起身,整理用具,说:"嗯,你越早习惯自己即将死去越好。"我瞪着她。她在房间转了一圈,出去了,去照顾下一位倒霉的病患。我站起身,走出癌症诊所,在大门旁边的木头长椅上瘫软坐下。

之后,我遇到一位和我有同样癌症及人生经历的女士——有丈夫和幼儿——她说出了我当时在想的话:

"我不是还站在这里,抓着我的皮包吗?"

"我不是还去店里买今天晚餐的食材了吗?"

我还是真实的,不是吗?

手术结束后,医院让我看一下查克。那两分钟里,他抬头看着我,非常生气,一直在哭,双手举得高高的。他没有尖叫,但是他很生我的气,因为我虚弱到无法将他抱起来。我心里想的是,我不能离开他,让他独自一个人。

我的心里有一个执念:我是必须撑住的核心。我从小就相信这一点,以至于我没有任何质疑,这已经接近本能反射了。人生就是会不稳定;但是,我是稳定的。

我的婆婆喜欢用彩色铁丝做东西,她做了一个很甜美的作品,放在我的床边。一条长链上挂了三颗心,一颗粉红色、一颗蓝色、一颗银色:我、托班、查克。我一看到,就立刻相信了这个关于爱的谎言。是的,这一切都系在我身上。现在,一切都将崩塌。

几个星期后,朋友凯瑟琳和我一起从医院门诊开车回家,经过学校的时候,她指着学校说:"这就是查克以后会读的小学吗?"正常的问题,正常的声音,但是我已经不知道这一切的意义是什么了。

"我不知道,亲爱的。我不知道我死了以后,托班和查克会不会继续留在这里,他们可能会去加拿大。"

我的脑子飞到了曼尼托巴省(Manitoba)门诺派信徒第一个聚居地的西北方。在那里,托班的祖父和叔叔有一个很漂亮的农场。泥土又黑又有养分,深到可以挖座坟墓了。克特叔叔一提到这块土地,总是随意地说这事。他带着些许德国腔,当谈到谷物或是修理农场谷仓的时候,还带着一点诗意。不远处,是这个门诺派社区埋在地下的历史。一条旧的高速公路旁,有个壕沟，旁边就是一群门诺派教徒的坟墓。每次有观光团来这里，都会游览这个墓园，而且导游一定会提到这个地方以前是木造的德国学校，以及旧的门诺教堂。

这是一个偶然的美好，埋在壕沟旁，在两个社群的记忆之间。如果你也想埋在这里，你只需要打电话给温克勒镇上的艾比。他会挖一个坟给你，只要两百五十美元，而且还会负责维修，非常便宜。我只想告诉凯瑟琳，我不知道查克将来会在哪里，但是他可以在壕沟和玉米田之间找到我。但是我不能这样说。我的思绪在两条线之间来回跳跃。一条线是"我会死"，另一条线是"我会活下来"。我为两种可能都做了准备。在一个漫长又安静的时刻，我选好了为我主持丧礼的牧师。

"臣服"看似是个基督徒的词，好像我正在放下自我。

对于信徒而言，"臣服"听起来像是战败。不少书提醒读者：没有什么困难是克服不了的。而你呢，无论男女，最好都继续努力。没有挫败，只有计划；没有困难，只有性格的试炼。悲剧只是一个机会，因此可以获得更大、更好的奇迹。

我经常在想，这永不放弃的精神是否创造了有韧性的信徒。大家会更快乐吗？大家会更有勇气，觉得自己不只是战胜者，而且能受到保护，免于面对日常生活的困难吗？我无法回答。我只知道，一个快乐的人看起来像是成功地掌控了别人承受不了的一切。

在医院里，我总是可以从桌面看出谁是信徒。他们的仪器上总是贴了贴纸，上面写着正向格言（"你无法改变过去，但是你可以改变未来！"）或《圣经》金句（"我可以通过基督做任何事情。基督让我强壮！"）。护士则比较难以判断，但是如果我说了什么负能量的话，有些护士会像牧师那样回话。

一位护士一面抽血一面对我说："就像他们说的，你必须接受并且面对它。我知道一切都会好好的！"

"控制"是毒品。无论我们相不相信，我们都对

"控制"上瘾了。我几乎无法对自己承认，除了"臣服"之外，我其实没有什么选择。我身边的人也无法承认。我嫂嫂鼓励我继续加油，我可以在她的声音里听到；我可以在学术圈朋友的眼睛里看到，他们就像学者会做的那样，在网络上疯狂搜寻解决我问题的方法。他们会问："症状何时开始的？是家族遗传吗？"他们的关心里，埋藏着没说出口的话：我能够控制它吗？

一位朋友的朋友带着大量的甘蓝菜来看我，在厨房忙进忙出地教我如何发挥甘蓝菜的治疗效果。我看得出来，她尽了全力，但是我倚着料理台，止痛药让我迷迷糊糊的，无法专心听她说话。朋友寄给我绿色饮料和藜麦沙拉的食谱，还有人直接寄来草药。他们都在说：试一试这个，就试一试吧。你可以靠着食疗痊愈的。

托班看到我吃一大块蓬松的米果，和我大吵一架。我难道不知道糖会致癌吗？他甚至不相信是食物导致我的癌症，但是这一大堆关于营养的看法让他升起了无用的希望——或许我可以痊愈。

不孕和手臂麻痹应该教会了我如何"臣服",让我了解,我其实很难控制我的快乐。但是,我从无助中学到的却是更下定决心,要在废墟中尽力拯救些什么。如果物理治疗师说:"做一下。"我就做两下。如果医生说:"四天之后可以出院。"我就努力在三天后出院。我希望自己可以说:"我就是这么有毅力!"但其实不是。事实是,我根本不知道如何停下来。小时候,爸爸会讲希腊神话故事给我听。我最爱的是骄傲的西绪福斯。他受到神的责罚,一直推巨石上山,然后眼睁睁看着巨石又滚落山脚。他将永恒地学着,不是每一个负担都可以扛得起来。是的,我觉得他什么也没学到,但是至少他一直在尝试。

我最好的两位加拿大朋友陪我去做第一次化疗,她们立刻为我们遇到的每一个人取了绰号。这就是好朋友会做的事。一位是快乐查德,一位是针线南茜。有一位护士说了这段恐怖的话:"我注意过,做化疗的人如果觉得累了,睡一下,就永远醒……不……来……了。"她被称为"夸张夏娃"。

如果我不睡一下，如果我不抱怨，痛的时候，如果我不用力吸气，如果我把现实隐藏起来，或许我没有生病，所以我继续全天工作。无论发生什么事情，我都每天六点半起床，这样才不会错过和儿子相处的时间。某种药物让我的手脚麻木，我停止服用，因为我想要有知觉。我的朋友群起抗议干预。什么时候我才能学会"臣服"？

阿维拉（Avila）的圣特蕾莎（St. Teresa）曾说："我们只能学着了解自己，并且尽力。放下我们的意志。"对于某些人而言，"臣服"是一项美德。圣人的话里充满了"放下"的圣言，美国文化和大众心理却都与此背道而驰。永远不放弃你的梦想！一直敲门，门就要开了！正面思考！保证改善自己！整个励志演讲的圈子都假设你可以拥有你想要的一切，你可以成为自己想要的样子。

做，就对了。

看到信徒脸上带着微笑，度过每天的挣扎，有时候我真想鼓掌。他们面对着不可能，喜悦地坚信一定有办法。他们乖乖地在生病的身体上涂抹奇迹油膏。他们捐给教会大笔金钱,期待奇迹出现。他们顽固地离开医院病床,宣称自己已经痊愈。偶尔,确实有用。

他们对于自我控制上瘾了。我也是。

## 第六章 在黑暗中等待未来

我的家庭信仰基督教，所以爱过圣诞节。我相信很多人会说他们也很爱过圣诞节，但是我必须说，他们只知其一，不知其二。我小时候，在十二月二十五日那天，我们吃饭、呼吸，然后睡觉。如果我们唱歌，就一定是唱圣诞歌曲。如果有任何吹气膨胀的圣诞场景装饰，我们一定买来放在前院，让其随风飘动。在炎热的七月下午，漫长的行车途中，如果车子暂时停了下来，一定是因为我爸爸要换个方式说："谁是你最爱的智者？"多年前，我爸爸开始帮团体写关于圣诞节知识的问答题，后来慢慢累积成了一本关于圣诞老人与圣诞节争议的书，他还写了一本关于全世界圣诞节习俗的书。他总共花了十年写这些书，以"学术研究"的借口，买了大约六百个圣诞树吊饰。我们家最爱的就是在加拿大简陋的小屋里过雪白的圣诞节，院子里都是充气的巨大圣诞人物——这种东西通常只会出现在汽车贩售店外面。

今年，我需要圣诞节，但不是一般的圣诞节。我需要奇迹，是要比杜克大学医院的医生一直说的"缓和医疗"再大一点的奇迹。

"缓和医生"（Dr. Palliative）在一次门诊中提到，有几项变量可能改变我的疗程。百分之九十的末期结肠癌患者会接受化疗，提高其五年存活率。另外还有两项选择：我可能会像百分之七的患者，身体有某种异常特质，癌细胞会扩散得太快而无法控制及治疗，这等于是死亡判决。或者我属于剩下的百分之三，身体的异常特质不太一样，反而可能有新的治疗方法。他们会在几个星期后打电话来让我知道，我属于哪一种。

"所以，我可能存活，也可能立即死亡，或患的可能是某种奇迹癌症，可以有某种特殊治疗方法？"我问道。

"大概就是这个意思。"

我说:"好。"

他们已经给我抽了血,现在我只需等待结果。过了几天,他们打来电话,但是我就像个正常人似的,忙到没有注意电话的录音留言。一周后,我才得到消息。我坐在户外,裹着毯子,听我的电话留言。

"嘿,这里是癌症中心。你的结果出来了。医生要我告诉你,你得的是奇迹癌症,他说你会懂得这是什么意思。"

我僵住了。然后我再听一遍,再听一遍。我开始大叫:"我得的是奇迹癌症!我得的是奇迹癌症!"

托班跑出屋子,我钻进他的怀里哭了。我们都试着微笑,一脸疲惫,就像承受不住新希望的人一样。

"我可能有一线希望。"我一面哭,一面说,"我可能有一线希望。"

托班紧紧地拥抱我,下巴放在我的头上。然后他放开我,让我唱幸存者乐队(The Survivor)的《老虎之眼》(*Eye of the Tiger*),同时往空中不断挥拳,这就是我的风格。

所谓的奇迹癌症，就是指我的基因中有一组复杂基因修复功能失常。我其实不太听得懂。而这是我可以进入临床试验，使用尚未上市的实验性药物的门票。过几个星期，在七小时车程之外的亚特兰大埃默里大学要开始一项实验计划。"不再说缓和医生"（Dr. Now-Not-Saying-Palliative）将我的病历送过去，开始办理参与实验的手续。还不知道我会不会被接受之前，我首先要看看我的健康保险是否给付。

听到消息一小时之后，我开始打电话，慢慢穿过埃默里大学和杜克大学保险系统的层层客服人员。每个大学都有一堆人，习惯说"不"。或者，我开始怀疑他们其实是恶意的机器人，假冒人类，拒绝每一项保险给付的申请。我试了一切。我的主要健康保险不给付任何杜克大学之外的医疗支出。我太穷了，没钱支付这一切。我不是美国人，不符合任何慈善计划的协助标准。只要我能支付两个月的医疗开销，撑一个月，那时候我就可以有新的保险。但是无论我怎么计算，都需要花十万美元以上。我知道，因为我让他们详细估价，连每一根针和每一次扫描都算进去了。

到了下午，我已经没有可以打电话的对象了。如果没有付款保证，实验计划不会接受我的申请。接下来的几个星期，除非我筹到不可能的一大笔款项，否则根本无法参与实验。奇迹癌症带来的希望全都烟消云散了。打完最后一个电话，我摔下话筒，火冒三丈。我转头看着我的爸妈。手术之后，他们一直住在我这里，帮着照顾查克、让冰箱里一直有食物、带我去医院回诊。

"别担心！"爸爸放下书后说，"我和你妈妈有十四万流动资金可以用。"一直到后来我才知道，我的家人——每一个人——通通解约了定存、申请了房产二次抵押贷款，把钱汇合在一起，以拯救我的生命。我存活的一线希望将使得整个家族破产。爸爸就像每次发生大事时一样，保持了镇定的表情和声音。他把退休基金和存款都放在桌上，为女儿赌一个机会，任何机会。而我只看到，癌症把每个人搞得一团糟，把他们的每一分钱都掏空了；癌症要拿走一切。

"我不是正常人!"我大喊着。这句话并不合理,我不知道这句话的意思是什么。我发现自己正在对着这个男人吼叫,我的心中充满愤怒和尴尬。这个男人为了供我读书、购买我的书籍、给我买喜欢的果汁,人生中的大半时光都在工作。我冲出了屋子。

冷风中,我在后院来回踱步,考虑一切。我自己付不起。没钱就是没钱,怎么算都是没钱。

我在长椅上坐下来,屈膝环抱于胸前。我有一个可怕的预感,这一切结束之后——一旦所有可能的药物都试过了——我的家庭将一无所有。我感到沉重的铁块掉落,压垮一切。我了解这个重量,就像我了解儿子在我臂弯中睡着时的重量。我是造成书房桌上厚厚一大沓账单、爸妈养老房子的二次抵押、他们的沉重步伐和微驼身影的根源。我的死亡将记录在他们的支票簿上。他们不能去度假了,只有无眠的夜晚;他们周日上午将不再祈祷,因为需要祈祷的女儿已经不在了。我是他们死亡的女儿,我是他死亡的妻子,我是他死亡的母亲,我是中断的生命。

这将会是我第一次不在加拿大，不在教堂过圣诞节。这个晚上，不再上教堂做礼拜的游子都会回来，彼此拥抱，一起像信徒那样用非常大声的完美四部和声唱德语圣诞歌曲。我一直很喜爱唱"平安夜"时的黑暗和烛光。我最爱的是当我看到丽兹以及弗尔德时那种回家的感觉。丽兹为我的学校舞会设计了一件薰衣草紫的绸缎礼服；我以前参加青少年过夜活动时，和朋友私下扮演耶稣被钉在十字架上，却不小心弄断了十字架，弗尔德默默地帮我们修好。我从未告诉我的爸妈，感谢老天，弗尔德也没有告状。我期待跟夏洛特紧紧拥抱，她是我妈妈最要好的朋友。还有我以前的主日学老师卡罗。每一年，她帮我穿上圣诞节演出的服装，我都是演一只羊。

几年前的圣诞节，我隔着几排位子，看到卡罗。我过去伸手拥抱她，然后想起来，她最近刚被诊断出癌症。我不知道该说什么，看着她微笑的脸，嘟囔着说我真抱歉。她平静地看着我，说了我从未听任何人说过的话。

她诚恳而直接地说:"我在那么多美好的时刻认识了基督,现在,我将更了解他的痛苦。"

她是认真的。我无法想象我可以认真地这样说。当时是圣诞节,我忙着准备礼物、约朋友喝咖啡、参加家族聚餐。圣诞布道进行到一半,夜色渐暗,音乐渐缓,我几乎没有注意到,我没有特别要求被赐予什么。伴随着细胞不断增生,化疗药物逐渐失效,卡罗一定希望被治愈,和丈夫多相伴几年,逃离逐渐靠近的死亡。但是她的祈祷并不只是为了得到拯救。在等待圣诞来临的长夜里,她不断祈祷,最后对于信仰有了更深的认识。

托班鼓励我十月就架起圣诞树。我们用烤过的松果、常春藤枝条和金色挂饰装饰家里。每天早上第一件事,查克会冲出房间,挥舞着胖胖的手臂,坚持要看到我点亮圣诞树上的灯。每一次他都会疯狂地笑,像演员文森特·普莱斯那样仰头笑着:"哈!哈!哈!"这是我教他的,我不后悔我曾经这么教他。然后,他会拉一张厚重毯子到我身边,一起盖上毯子。

他抬头看我,脸上有大大的微笑。

上帝啊,我不要只是更了解你。我想要拯救我的家庭。

我仍然坐在户外长椅上,电话就在身边。我写了电子邮件给认识的两位教授,他们和学校有些关系。我告诉他们,学校保险拒绝了我,我已经走投无路了。我的心里一直盘旋着同样的念头:我让我爱的人毁了一切。两位教授都立即回信,简短地写着:"我会处理。""我来看看能做些什么。"

他们对我的荒唐请求所做出的反应正是我最爱他们之处。后来,其中一位教授告诉我,他跟自己说:"感谢上帝!我终于可以做些什么了!"他们的爱有手、有脚、有动力。他们的爱可以做些什么。

结果证明,他们可以为我改变现状。他们写信给每一个认识的人。之前,我无助地看着自己无法让任何人跟我说话。现在,我无助地看着众多电子信件涌入,包括许多名人——维基百科里列名的人、建筑物上面写着他们名字的人。这两位教授知道要找什么人，而且有力量做出影响。他们跟学校各级部门联络。二十四小时内，从女王阶层到清洁工阶层的人都给我各种保证，说我从此不会有问题了。我的家人得救了，我可能得救了。我钻过系统的缝隙，找到了阳光，虽然我几乎没有做任何事情，但一切都被处理好了。

当奇迹站在你这边时，有一个词汇可以形容这种感觉：恩典。教会布道时，如果有人站起来说，他的老板把公司的车子交给他，还给他油钱，让他去看生病的父亲，信众就会大喊："恩典！恩典！"当一个女人告诉朋友，有很多人竞标她想买的那栋房子，但是她中标了，她的朋友会欢呼："恩典！"你吹着顺风，教会的人会说，这是上帝在每一个转角准备的恩典和保护；教会外的人会说这是运气，也有人可能会说："我不是正常人。"

保险没问题之后，临床试验的人要我去参加初级筛检。我称之为"试镜"。他们要抽血、做一些检验，看我是否符合可以参加试验的标准。我的伤口还在流血，我很担心自己会因此丧失资格。我试着隐瞒这件事。但是有一天，我不得不承认自己状况不好。夜很深了，托班开车带我去急诊室。一位好心的医生让我跳过好几小时的等待，带我们进入一间更衣室大小的空房间，里头有闪烁的日光灯、一张椅子，没有任何医疗物品。他帮了我一个大忙，没有预约也愿意让我就诊。他在要我掀起衬衫，检查我的状况前，还必须到处找他需要的医疗器材。很恶心，我的伤口已经感染了，我们都知道。我尽力说一些轻松的话，以表达我的感激。对于治疗过程，我完全不抱怨，但是我痛到眼泪都出来了。很像有人要用手从葡萄里挤出葡萄汁来，声音听起来如同"扑哧、扑哧、扑哧"。托班忍不住作呕。我试着愉快地四处张望，聊着世界新闻。当医生停手时，这里看起来就像是谋杀现场。不知道为什么，我觉得整件事很好笑。一旦托班不再往手心里干呕，我决定把这件事放在"事后觉得很好玩"的项目中。

　　离开的那个早上，我的神经很紧张。我醒来，尽量安静地包扎伤口,然后下楼去把我的小小人抱出婴儿床。我打磨咖啡豆,查克对我大声吼叫,试图盖过机器的噪音。我们每天都这样,我觉得我们越来越好了。我很不愿意离开他去做几天的测试。一切都如此甜美,这份爱让我离不开他。爸爸和我打包行李,与大家道别,并且答应大家会在每一处地标停下来,发短信给大家,报告现状。

癌症诊所试着呈现鼓励的气氛,我们可以为他们鼓掌。但是大体而言,只是年轻的志愿者在大厅里弹奏钢琴,然后有人大声喊:"史密斯先生!轮到你抽血了!"我听到穿堂有人在弹竖琴,立刻转头对我父亲说:"情况真的这么糟吗?"

病人脸色苍白,身体水肿,头靠在座位边缘,或是家人的瘦弱肩膀上。志愿者叫名字时,每个人都会抬头看,暂时活了过来。到处都是轮椅和绑着鲜艳头巾、满脸皱纹的秃头女人。有人在壁画前面咳血。壁画上写着:"笑是最好的良药!"主啊,我希望不是。

我遇到的每个人都很善良、有效率。我试着接受一切,好像是上班第一天。我告诉自己,抽血留下的瘀青终会消失。扫描没那么糟糕,因为我要技师山姆告诉我他的生命故事。他注射显影剂时,我说:"从一开始说,什么都不要遗漏。"他很认真地说,当我离开房间时,他才讲到自己出生。

然后就没有事情可做了。医生会检查结果,让我知道我是否合格。当我们离开,走过癌症诊所的招牌时,我停下脚步,把手机递给爸爸:"爸,拍一张照片。我参加实验之后,大家会希望看到此刻的我。"

我高举着手,像在敬礼,脸上挂着大大的微笑。即使是在亚特兰大,此时也开始让人感到寒意。我意识到,已是秋天了,而我可能不会再看到下一个夏天。我咬紧牙关,笑得更灿烂。爸爸拍了几张照片后,我们安静地走到车旁,然后爸爸打破寂静,问我最爱圣诞节的什么。我感觉到心里的话语成形:谁正为她乞求的事物照相呢?

在黑暗的车里、回家的路上、回到我的家和熟睡的小宝宝身边时,我不禁想到照片里的人,假装她不在死亡边缘。她的愉悦,她阳光般的脸书上的文章,充满正向思考,以及温和的嘲讽。这真的是我吗?

"我不是个正常人!"我对自己、对父亲、对上苍喊道。虽然我没有靠自己解决保险的问题,也没有创造"奇迹癌症",但是我仍然相信,我可以拯救自己。对我的亲友而言,我用听起来充满信念的欢乐,为真相裹上糖衣。

我的胃底有一种原始的哀伤,难以言喻。我试着专注于我无法控制的小事。我看着肚子上交叉的疤痕,觉得恶心。我讨厌用手指梳过头发,因为我会感觉到头皮轻轻地被扯动,一小撮头发掉入我的手中。我走过健身房,看到女人们正在做运动,感觉自己像是刚刚迫降到快乐健康星球上的外星人。我知道无论如何我都会进行化疗,他们告诉我,会在我腰间绑一大袋液态化疗药物,药物通过巨大针头进入靠近心脏的地方。不可思议,腰包又要成为时尚了。我需要背着背包,里面都是我的医疗用品。我身上简直是背了一个又一个的包。

"有些女人会装饰一下。"一位年纪较大的护士好意地说。

我看了一眼这些袋子,说:"是啊,确实需要许多钻石,写着'受祝福的!'之类的词。"

护士说:"之类的词。"我们安静地同意,这一切都很可笑。

开始化疗后,我试着隐藏各种丑陋。我把漂亮的自拍放在脸书上,给我的化疗袋子取名"吉米"。我在癌症诊所两次看到前总统吉米·卡特(Jimmy Carter)去就诊。他跟大家说,我们会发展出一辈子的友谊。大家都知道凯特得了癌症,也了解吉米·卡特的一生。大家有了一个问候的目标。没有人会说:"所以……你得了癌症。"他们会说:"所以,吉米过得如何?"我受不了人家可能看穿我——他们可能发现,我只是另一个疲倦的癌症病患,感到绝望,并且幻想光是靠着自己的意志力就可以造成改变。

在我研究多年的教堂里,信众用无限的正向态度对付痛苦。一位唱诗班的人鼻子塞住了,无法唱出高音,其他人对她吼着各种鼓励的话。一个女人瘫软在座位上,旁边的人开始跟着旋律将她有多少进展唱了出来。一位长者传达主日学信息的方式是欢乐地模仿一位瘸腿的人,开心地喊着他已经痊愈。他会一路跛行,怀着坚毅的信念,走进恩典。

当我想到刚毅的决心,就想到我怀孕七个月时,站在孕妇教育课堂外的停车场,忽然感到惊慌失措。那时候,胎儿已经很大了,想到胎儿将从我身体里冒出来,我完全吓傻了。我冲出教室,不想在一群非常时尚的孕妇面前情绪失控。这时,托班对我说了一段很棒的话。回想起来,他的话很像莎士比亚《亨利五世》里的呐喊("我们这几个人!快乐的几个人!"),不过他说的是:"看看她们!(他戏剧性地指着屋子里上课的女人)她们之中有任何人看起来能够生出巨大的婴儿吗?这些小小的无用的人?刚刚才有一个人要求过滤水呢。凯特,过滤水!"我开始笑了,这表示我又可以呼吸了。"你现在回去,学习如何生出——这个宝宝!"我们走回教室,托班安静地敲出电影《烈火战车》(*Chariots of Fire*)的主题曲。

我一向很愉快。但是,保持正向已经成为一种负担。当我等待奇迹降临,在黑暗中,我决定拯救自己,扛起这个负担。

一周后,我接到埃默里大学告知我检验合格并得以参加临床试验的电话。爸妈大喊大叫地跳起来,托班抱着查克转圈圈,好像游乐场的旋转木马。

我对爸爸说:"你看吧,我不是正常人。"

他伸手拥抱我,温柔地说:"你不是,你是超级英雄。但是我宁愿你不需要当超级英雄。"

# 第七章 飘浮在爱与祈祷中

埃默里大学的治疗从十月底开始。大部分时间我感觉很累,但我还是决心挤出一切空当来做记录。我开始写。在病床上,在化疗椅子上,在候诊室,我试着在万事皆有因的世界里,写一些关于死亡的文字。只要一感到哀伤,我就写下来。然后,因为感受到了死亡的急迫,我根本不考虑是否写得够好,所以我很快地寄给《纽约时报》。一位编辑看到了,把我的文章放在周日版的头条。几百万的人读了,几千人分享了这篇文章,并开始写信给我。大部分人一开头就写:"我害怕。"我也怕。

一位年轻男士写道:"我害怕失去我的父母。我知道我很快会失去他们,我受不了这个想法。"

一位来自阿肯色州的父亲写道:"我为儿子感到害

怕。他四十四岁，得了脑癌。几年前，他的双胞胎兄弟也因为同样的病过世。这让事情更糟糕了。"

这些信诉说着分离之前无法诉说的爱：不要走，不要走，你是我生命里的锚。

感觉像是天塌了，一直不停地流血。数百封的信件、照片和影片涌入我家和学校的信箱。一位母亲写到儿子年纪轻轻死于肺癌，但他从不抽烟。一位护士得了第四期癌症，已经存活了十年，但是她的丈夫有一天突然死于脑出血。一位中年妇女埋葬了她的儿子——他欠着债，原本可以救命的医院拒绝治疗他。他过世九天后，保险公司寄来一张支票。

陌生人倾诉着不同阶段的愤怒，沮丧与忧郁像雾一般笼罩着一切。

一位年轻人写道："我想，我希望信仰赋予这一切一些意义。但并没有。"空虚像一个无底洞，无情的现实显示，有些人确实有权利看着我的眼睛说："你很幸运。"

一位年轻女性温柔地说，癌症夺去了她的生育能力。几个月后,她遇见了真爱。如果她能够复原,即使只是一点点,都会试着收养小孩。"抱紧你的儿子,你很幸运能够拥有他。"很多人都拒绝承认,也有很多人在跟奇迹商量。"我本来是无神论者,但是我放弃了,我乞求奇迹把我儿子的癌症转移给我。"我念这封信给我父亲听,他正坐在我家客厅宽大的皮椅里,拿着 Kindle,距离他的眼镜两厘米。

他沉思地说:"噢,我也这样祈祷了几百次。'拜托,为什么不是我?'"我挪过去,把头放在他的膝盖上。

"爸,这是我听过最善良、最哀伤的话了。"我们之间有一阵子温柔的静默。我想象我们两个都在想着,我们有多么爱彼此。然后爸爸开始说话。

"然后我想起,在你这个年纪的莫扎特也难逃一死……所以……"他的双手张开,衡量手中无形的重物,"所以,你知道的。"

我开始大笑。

"他的死因是什么?"

"我想是瘟疫吧。"

"噢,天啊!"

"是啊,奇迹爱你,至少像他爱莫扎特一样多。"

"让我们再度安静地彼此相爱吧。"

许多信基本上开头都这样写:"你认为你很倒霉吗?听听这个!"然后说了一大堆的抱怨。是的,得了第四期癌症确实很倒霉。最奇怪的是,这些信多半是年纪大的人写的。一位名为楚迪的女人,七十三岁了,写信来说,比起发现自己是领养的,得了癌症其实不算什么。好吧,难道二者不能同样糟糕吗?世界上的痛苦被测量排序,有些人觉得只能一小匙、一小匙地付出慈悲。

我无法理解的是,有些人写信向我讲述他们的人生,抱歉,他们的人生太棒了。我接到长长的信,寄信人细数自己的各项成就与深深的满足。一位年长的牧师说:"我每一天都觉得更年轻!"

也有许多人像家人般地写信给我。"身为父亲,我感到非常抱歉。""我是一位母亲,但愿我现在可以拥抱你。"他们想要安慰我,但是经验告诉他们,人生本来就不公平。"我希望你知道,我为你祈祷,我很高兴你有信仰。很抱歉我们必须像雅各那样说:'虽然他杀害我,我仍然信任他。'"是的,是的,是的。我仍然信任他。我不再知道"信任"的意思是什么了,但是有时候我觉得有点像是爱。

我已经接受治疗五个月了,现在是复活节前的星期日。我们去教堂时,儿童主日学关闭着,我们必须带着两岁大的儿子去参加礼拜。教堂里都是小孩子,他们转圈圈,爬到彼此的身上,但最多的情形是他们用棕榈叶打来打去。在基督教中,棕榈叶代表曾经流血牺牲的烈士圣人。其实,每次复活节前的星期日礼拜,根本看不到什么烈士,除了每个孩子都差点被棕榈叶打到眼球。疲倦的志愿者仍然保持微笑,拿了一片棕榈叶给我儿子。他很开心。

忽然,管风琴的音乐响起,门打开了,游行开始了。就像任何儿童节目一样,游行的场面既可笑又可爱。有些孩子到了自己爸妈的位子旁就拒绝再走了；有些孩子则是往前冲；有三个孩子开始哭了起来；大部分的小孩则在努力打他们兄弟的眼睛。查克看着，一动也不动。我知道他看到的是什么。他的小小世界里没有圆拱形的天花板，没有温暖的木头柱子，也没有一扇又一扇的彩绘玻璃窗户。他的一只手臂抱着我的脖子，另一只手到处指着，蓝眼睛扫描整个房间。我们走到前面，每个人都微笑着，在房间里绕行。我们受到青春光芒的影响，没有人看着诗歌本，整个房间里充满了自在的歌声。

我抱着查克，像一只得奖的羊羔，我看到托班的眼睛，我知道他在努力不哭出来。我们在想着同样的事情：这是其中一个时刻吗？他让一个人回想今天的一切吗？我把查克抱得更高一点，让他可以在空中摇晃他的棕榈叶。当几滴眼泪流下脸颊时，我试着微笑。我知道这一天在神眼中代表什么。耶稣骑着驴子进入耶路撒冷，人们在空中挥舞手臂，把破旧的外衣丢在地上，让这位神走向死亡。这是庆典，也是丧礼。我抱着查克,十五天后将再次接受扫描,我真希望我知道庆典与丧礼的差别。

我的信箱里充满陌生人提供的答案。大家给我答案,就像他们把沿路摘下的野花送给了我。有几个人建议我在心灵上接纳死亡。一位印度女士说:"我们以不同的生命体经过了几百万次的出生与死亡。别担心,这个生命将结束,你的灵魂会进入下一步。"他们写道:世界充满痛苦,像一个充满杂草的花园,我们只能尽力而为。

但我遇到的大多数人都希望我确定答案。他们要我知道,毫无疑问,这一切一定有某种隐藏的逻辑。我在医院里的时候,一位邻居来敲我家的门,告诉我的丈夫,一切发生必有其意义。

我丈夫说:"我想听听看。"

"什么?"她吓了一跳地说。

"我想知道我太太为什么要死了。"他用他那种又甜又酸的方式说,有效地结束了这段对话。邻居嘟囔了一些话,把烤什锦蔬菜交给他。

信徒要我告诉他们,我的癌症是计划的一部分。有几封信甚至说,上苍的计划是让我患上癌症,所以我才可以写出《纽约时报》上的那篇文章,以帮助别人。这些人试图用循环论证解释生命。如果你的死亡能够启发别人,那么,你的生命计划就是成为别人的模范。如果你不能够启发别人,而是一路尖叫踢腿地抗议,那么,计划就是你将发现某种重要的神圣道理。无论如何,你都要学着接受计划。

在这种时候——我觉得每个人都在注意我,看着我的进展,以及我对福音的态度——我的心中充满恐惧。当我听到消息——如果扫描有了结果,癌症专家说我日子无多了——我会尖叫,还是安静地坐着?我会感到平静,还是会大哭大闹?我会成为笑柄吗?

如果一切都是随机发生的呢?一位放弃信仰,转向科学的女人写信来说:"我发现,相信宇宙是随机的,比较能够安慰我。如此一来,我所相信的计划就不那么残酷了。"对于许多人而言,这是一个痛苦的结论。他们遇到悲剧，检验了各种细节，发现根本没有任何证据指出他们的信仰在场。世界充满了祈求孩子能够活下来的父母，但是除了静默，他们听不到任何信息。从此以后，教堂的歌声在他们耳中，像是锡罐刮出来的噪声。一位因为疾病失去所有孩子的父亲说，这只有一个合理的结论：根本没有人在听。

春天试图让万物苏醒，但是我的世界却越来越黑暗。化疗药物剂量变得非常大，导致我的脚很痛。我牙关紧咬，对于冰冷过度敏感。每次碰到冰冷的食物，就像触电一般。我一直记不住这个副作用，托班不得不在冰箱门上贴了一张饶舌歌手哈默（MC Hammer）的照片，上面写着："女孩，你不可以碰冰箱。"我越来越难记住，副作用和死亡不同。昨天，我的趾甲掉在了袜子里。我第一个想到的是，如果我告诉大家，他们会害怕。我保持强而有力的声音，但却觉得自己像玻璃一样脆弱。

"你为什么要死了？"一位爱达荷州的男人在信

上写道,"有些人会认为上苍很残忍,让你这么年轻就死掉。但是答案既简单又很清楚。上苍是正义的,才会让你死掉。这是你的罪恶造成的结果。"接到这封信时,我坐在医院候诊室,一位女病患咳出血来,滴在她的白毛衣上,她往后靠回椅子里。我们都是受诅咒的人。

朋友裘蒂坐在我的办公室里,用手抱着头。她的母亲得了脑癌,正在步向死亡。她累坏了。死亡可以让人很疲倦。

我说:"我相信你一定觉得很幸运,至少你有那么多时间和她相处。"她突然抬头看我,立即抓住了我的情绪。

"是啊,多么幸运。"她的声音显示,对于说这种话的人,谋杀是一个合理的选项,"大家一直告诉我,我有多么幸运。"

我放下嘲讽,把手放在她的肩膀上。

"亲爱的,我真抱歉。但愿我再也不要听到'至少'两个字。至少我在一个最棒的医疗机构。至少我在尝试新的药物。昨天,我才发现保险出了错,他们把账单寄给讨债公司了。讨债公司。"我们看着彼此,像是划桨划得累坏了的人一样,"猜猜看,有人说了什么?"

她说:"不!"

"他们说:'至少你有经济资源和人脉来处理这个问题。'"

她吹了一声口哨。

"为什么大家都想要教训我们?"她问。光是想到这一点,就令人感觉厌烦。

大家想要教我三个生命课题。老实说,有时候,这些教训比癌症本身还糟糕。

第一个课题是我不应该大惊小怪,比起许多事情来说,死亡其实没有什么大不了。我称这些人为"极简派"。这些人会提醒我,死亡不是终点。"其实我们在'这里'或'那里'都无所谓,都一样。"一个年纪很轻的女人这么写道,还用了很多祈祷的手的图案。很多信徒喜欢提醒我，死后的世界才是我真正的家。我很想问他们，要不要先我一步回家呢？或许现在就回去吧？无神论者要求我立即放弃找寻意义。有一个人的来信写道，神是无法预测的，信仰让我变成人质。我应该放弃猜测——那些可笑的神学论证——明白我们都活在一个不在乎我们的中立的宇宙中。这些信息其实一样，都在告诉我：不要再抱怨了，接受现实吧！

一位女性写道："我们无法总是能得到我们想要的。"好像我是在要求吃甜点似的。这让我想到，当我研究应许福音时，会众经常责怪我抱怨得太多。面对他们那些无所不在、不间断的负面语言，我只有强烈的反感。我去了一个特别闪亮的大教会，他们把每一样东西都镀上了金色。地上架了一个特大的木制十字架，信徒可以把祈愿写下来，钉在十字架上。我去钉我的祈愿时，看到有人已经在正中间钉了一个祈愿："我祈祷这个教会能够省下金色狮子的钱，将更多钱花在员工福利上。"

第二个生命课题来自好为人师的人们。他们的重点是，这个经验是在教育我的身、心、灵。一位男士写道："我想，这是对于你信仰的终极考验。"他希望我能够接受上苍的旨意。信尾他是这么说的："总之，我会为你的臣服而祈祷，同时祈祷你若死掉，痛苦能够减至最低。"印第安纳州的乔，谢啦！有时，我希望这些自以为是的家伙在面对死亡时都能寄一封信给我，而我会寄一张可爱猫咪的明信片给他们，写着："坚持下去！"

一位男士有话直说："我希望你的经验会像约伯一样。"我简直无法想到更糟糕的祝福了。有些人则是寄来简单而不虚伪的结论。一位年轻男士的家人一个又一个因病过世了，他写道："嗯……是啊，我每一天都问：'搞什么鬼？'"在这种时刻，我特别爱这种人。

第三个也是最难的生命课题来自凡事都有答案的人。他们对我感到失望，为什么我还不能拯救自己？爱达荷州的珍说："继续微笑！你的态度决定了你的命运!"我立刻因为这个处方而感到精疲力竭。

因为我的研究背景,我收到几百封信徒的信。我研究的领域注重解决问题,有些人因此无法哀悼自己的不幸。一位尼日利亚的女性在办公室的每周聚会里,坐着听大家鼓励她"经由信仰说话",但是她真正想说的是,办公室外面的街上,有许多弃婴尸体被放在黑色垃圾袋里丢掉。一位年轻父亲必须帮脑死亡的孩子拔管,他的家族深信那些理论,责怪他无法阻止孩子死去,他的心里从此埋下了苦涩的种子。我听到许多类似的故事,哀伤的父母被迫保持脸上的微笑。

完全确定的逻辑中总是有一丝残酷。写信来的人并不只是想给我什么建议,他们总是想帮我的人生做总结,或是寻找线索,或是寻找答案,最后都会达成某种判决。问题是,我并不是在法庭上接受审判。

真正说到我心里的信,是不会讨论我们为何死亡,而是谁会在那里的那类信。当你害怕死期将近时,你是一个人独自承受吗?

一位男士写到他和家人被挟持的经历。入侵者用枪指着孩子的鼻子，威胁着说要强暴他的妻子和女儿，他感到无助。他无法解释，但是他同时也感受到奇迹在场。他无法解释是谁让绳索松开，让他和家人毫发无伤地逃走的。他永远无法理解为何他存活了下来，第二天却发现他的邻居吊死在院子里。他不试图解释为何有些人被救，有些人被吊死。他怀疑奇迹会要求他用良好行为来"偿还"。但是他知道奇迹在场，因为他感到平静，无法形容的平静，这从此改变了他。他最后耸耸肩说："我完全不知道这一切是如何运作的，但是我愿祝你向前迈进时也能有同样的感受。"

他的描述和我在报纸上读到的濒死经验研究基金会的报告相似。是的，世界上确实有人在研究濒死经验。研究者访谈了几千位几乎死掉（因为各种状况，包括交通意外、生产、企图自杀等）的人，许多人都描述了同样的奇怪现象：爱。这篇文章让我想起以前的一次经历，否则我也不会注意到它。我很不喜欢跟人提起这个经历，太奇怪了，而且无法解释为何我知道是真的——当我确定自己要死了的时候,我没有感觉到愤怒。我感觉到爱。

刚刚得知诊断结果的那几天,我在医院里,看不到我的儿子,无法下床,不确定自己是否能活过这一年,但是我觉得自己发现了信仰的秘密。即使在清醒的时刻里,我也无法解释我的感觉,太困难了。我一直说同样的话:"我不要回到以前,我不要回到以前。"

在这个时刻,我理应觉得被抛弃了,但是我没有,我觉得自己在飘浮。众多像忙碌的工蜂一般围绕着我的人,带着卡片、花、温暖的袜子和绣了鼓励之类字眼的拼布被子来看我。我飘浮在爱与祈祷中。

当他们坐在我身边,握着我的手,我的痛苦似乎开始让我看到了别人的痛苦,他们像我一样,世界崩颓,梦想破碎。他们原本以为自己有资格享受幸福,计划着自己都还没有意识到的计划。

那种感觉停留了好几个月。事实上,我已经习惯了飘浮的感觉,一想到可能会失去这种感觉,心里就会感到慌张。我开始询问朋友、神学家、历史学者、我认识的牧师和我喜欢的修女:"这种感觉一旦消失,我该怎么办?"他们完全知道我在说什么。他们或是自己体验过,或是在神学理论里读到过。古罗马神学家圣·奥古斯定(奥古斯丁)称之为"甜蜜点"(The sweetness),欧洲中世纪哲学家托马斯·阿奎纳将这种神秘称为"预言之光"(The prophetic light)。他们都说,是的,终会消失。这种感觉会消失。

但是这些人给我提供了一点点的确定性,我抓住不放。他们说,当感觉像潮水一样逐渐消退之后,还是会留下铭记。

这无法证明任何事情,也无须吹嘘,它就是一个礼物。我无法依赖自己的神圣健康"五步计划"回复几千封信以及各种各样的偏方。他们都保证有成效。我猜,我就像那位写信给我的男士一样。他曾经亲眼看到一个朋友吊死在树上,在同样的那个黑暗的夜里,他感觉到了奇迹的存在。是的,那就是我相信的奇迹。

我无法理解,美妙的事情和糟糕的事情、喜剧和悲剧一直不断发生,影响着世界。但是我开始相信,相反的事情并不会消除彼此。我在癌症诊所候诊室看到一位中年女性,手臂拥着儿子羸弱的身体。她紧紧地拥抱他,他害羞地低头看着母亲,过了一会儿,他笑了,成为母亲永恒的爱的俘虏。无论病况如何,他们之间仍有喜悦。我看着他们,癌症的恐怖使一切都有了鲜明的色彩。我再三地想:生命是如此美好,生命也是如此艰难。

我收到的信件逐渐减少,但是每天至少还有一封。今天,我在学校信箱里收到一本书,说是这本书保证可以让我和过世的亲人沟通。对方还附上一张写着宗教金句的卡片,要我一再地大声朗读,成为力量更好的管道。一个教会的牧师寄给我一个大信封,里面装了一张很大的标语:首先要寻找奇迹的国度,然后一切都将降临在你身上。我忍不住想,这句话有点消极的攻击性,但是我感激他带来的信息。他要我执行一系列的技巧,只要我肯试一试,一定会改善我的健康。

我想，这就是偏方的问题所在了。偏方适合任何人，所有的人，没有特定对象。但人是独特的。小时候每当我要走到校车站牌时，都必须穿过一片积雪的空地。爸妈为我穿上雪裤和长筒保暖靴，帮助我在零下四十摄氏度的天气里还能保持温暖。我很会划独木舟，但是我从未学会放开双手骑脚踏车。我看过极光，有极光的夜晚，爸妈总是叫醒大家起来看。我爱闻苜蓿草和甘菊的气味，妹妹和我上完游泳课之后，回家的路上总是会采来玩。小时候，下过大雨之后，我会骑着脚踏车到处拯救快要淹死的昆虫。头发是我最喜欢自己的一部分，虽然我的发量很多，多到没办法绑成马尾。我一直不会在路边停车。没有人是一样的，每一天都是无数的细节累积而成——小小的事情、笑话、闯祸和关系。我的问题不可能靠着适合任何人的偏方——那些陈词滥调——就能解决，因为我根本不是任何人。神或许是普世的，但我不是。我是托班的妻子、查克的母亲、凯伦和杰瑞的女儿。我在这里，一个穿着恐龙睡衣的金发男孩跑着，撞到每一件家具都会在时空中发出各种声音。

"谁是我的宝贝?"我问他。

查克在房间里绕着大圈圈,让他的小汽车沿着墙脚跑。他转头面对我。

他满怀希望地问:"一个男孩吗?"

我说:"是的。"我抱起他。我把他抱得紧紧的。他忍耐了一会儿,然后笑着扭身子。"是的,"我说,"不过不是随便哪一个小男孩。就是你。"

# 第八章 来自灰烬,也终将归于灰烬

我开始在大斋期每天诅咒。复活节前,为期四十天都是大斋期。如果信徒想要更了解牺牲,就会选择一项自我牺牲,连续执行四十天。他们会放弃一项罪恶,开始新的心灵练习,或像圣玛丽学院的每个十四岁女生一样,放弃吃巧克力,顺便进行春季减肥。我认识的成人大部分会放弃喝酒,或花更多时间祷告;我则是开始咒骂。

我是认真的。我咒骂癌症;我咒骂干掉的羊角面包、冷得太快的咖啡;我咒骂化疗引起的口腔溃疡;我咒骂欧洲的难民危机;收到检验结果之前和之后,我都咒骂不已,即便我的肿瘤还在消退之中,令我感到安慰;我咒骂向戴着黄色大帽子的男人抱怨的好奇猴乔治(编注:Curious George,美国知名儿童绘本

《好奇的乔治》中的猴子)。我无时无刻不在咒骂。上个星期,我的婆婆抱怨自己的皱纹和下垂的身体。她抱怨到一半的时候,我又开始咒骂了。

我面不改色地说:"我认为老年是他妈的一种特权。"

我们正坐在星巴克里。我们两个人之间安静了一会儿,然后她开始大笑。她的笑声总能引起别人注意。

"噢,对啦,我想也是!"她往前靠,拥抱我,然后继续原来的话题。我十四岁时与托班相识,从那时起,她也算是我的妈妈了。她一直在我身边,度过每一个季节。这个季节充满了愤怒,但这不是她的错。

我读到一篇文章说,正在哀悼的人经常咒骂,因为在无法言宣的哀伤中,英文已经没有足够的词汇可用了。我和朋友一起吃午饭,谈到大斋期,不经意地出口成"脏"。现在,我的行为至少有了一个说法。

大斋期结束后,我会停止诅咒。但实际上,我正是因为大斋期才不停咒骂的。

事情是从大斋期首日(译注:Ash Wednesday,又可称圣灰星期三)开始的。那天我要去做扫描,最要好的朋友凯瑟琳开了好几个小时的车,到亚特兰大陪我一起等待结果。

真是黑暗。我们无法否认生命有限。这是很清楚却也难以接受的真相。

很不幸,凯瑟琳和我正巧去了一座教堂,我相信里面的人都很可爱,他们想要知道,大斋期如何让他们变成更好一点点的人。神父真的用了"一点点"(tiny bit)这样的字眼,他告诉会众如何"更好一点点"。偶尔当当志愿者,对同事好一点点,别忘了你的礼物很特别!然后他像白雪公主送小矮人去做工那样,欢欣鼓舞地拿出灰烬。

前几年我在休斯敦——美国大教堂之城——访问最大的几个教会的领导者。我原本也不想在最忙碌的圣周(Holy Week,复活节前一周)抵达,但是结果却在圣周五(Good Friday,俗称黑色星期五)到了。人在休斯敦却没事可做,一心希望有人在这个年历里最黑暗的一天,有空跟我晤谈。各家教会网站里都找不到任何活动，我花了一整个下午打电话，寻找我可以参加的聚会。这真是棘手。大部分教会都有礼拜，但是他们都鼓励我等到星期天再去。更有一位接电话的女士直接说，她完全不知道我说的圣周五是什么。湖木教会是乔和维多利亚·奥斯汀创立的大教会，也是唯一在圣周五有礼拜的教会。我带着纸笔，过去采访。

湖木教会在康柏中心举行礼拜。这是休斯敦火箭队以前的主场。会众必须从停车场经过一层又一层的手扶电梯，绕过巨大的舞台，抵达座位。一大群面带微笑的志愿者散布在这个硕大的空间里，指挥大家行进。刚从休斯敦公路下来的人陆续抵达，虔诚地参与这个不寻常的聚会。

停车场的志愿者挥舞着闪光交通棒，喊着："快乐圣周五！"

站在手扶电梯底端的女志愿者快乐地喊着："快乐圣周五！"

经过无数次招呼之后，"快乐圣周五"成为当天的座右铭了。我猜，这会是我参加过的最快乐的圣周五礼拜。

礼拜开始了。乐队正在演奏，舞台上升起一团白雾，袅袅升上天花板。这时的音乐仍然很严肃。我不认为音乐过于晦暗，顶多是庄严的曲调。每一首圣歌都加强了现场的氛围。维多利亚·奥斯汀从后台走出来，高跟鞋的细鞋跟敲着地板，脸上挂着微笑。

"我们崇拜复活的主，这不是太好了吗？"她夸张地询问在场的会众。

无论是圣歌还是祈祷，在这一天，这个时刻，传统基督徒不会说哈里路亚，因为历史上在这个时刻，耶稣尚未出现。维多利亚很大声地跳过这个时刻。耶稣在这一天死了，他的门徒绝望地相信耶稣再也不会出现了。

英文里，Good Friday 用"good"这个词来形容这一天其实有一点争议性。其他的语言通常会称之为"黑色星期五"。Good Friday 原本可能是"神的周五"，想想看其中的矛盾吧。

但是从某个角度看，维多利亚也算是对的。深蓝色天花板的白雾与耶稣受难无关。布道时,有一只活生生的羊在舞台上走来走去,轻轻地咩咩叫着。这只羊一点也不哀伤;圣坛周围巨大的荧屏上,播放着乔和维多利亚贩售产品的广告,一点也不让人觉得忧郁。维多利亚的脸印在书的粉红色封面上——《热爱生活:活得快乐、健康、完整》。她是对的,这已经是复活节了。

我和两位朋友一起去一家我们最喜欢的廉价餐厅吃饭。我们应该是很享受的,结果我却一直在抱怨。我脸色发青,因为我读了一篇脸书文章,叫作《在死亡中只有一点点生命!》。文章中,一位名人说,因为信仰,她可以扩展自己的自我形象和事业。信仰跟她说:"带着你的梦想一起相信我,我将让你的事业发展到想象不到的高度。"很多人在推特上传信息给我,提到"像约瑟一样大的期待"。他们指的是《旧约》中的故事,年轻的约瑟受了很多苦,后来获得无法想象的财富和好运。只要我伸手,一切都可以是我的。

住院与住院之间的空当,我参加了一个信徒研讨会。主讲者是一位非常美丽的女士,三十多岁,头发发亮,穿着合身牛仔裤。她告诉年轻的会众们,好好想一想,自己能够对谁造成影响。她看起来无须努力就很完美,她像大部分女性讲者一样,会说一些否定自己的笑话。她说,住在郊区的妈妈们不喜欢她("她们不喜欢我,都不洗我的头发!");咖啡师也不喜欢她("我总是搞不清楚要点什么!");大城市的专业人士也不喜欢她("他们好潮哟!");死亡也不喜欢她。

"如果我看到一个人要死了,我就想说:'嘘……永别了……我真抱歉……你吓到我了……'"她脸上露出大大的微笑,观众大笑。大斋期快结束了,仍然可以把死亡当作笑话讲。

我正在面对死亡。教会要求所有信徒,在大斋期的四十天里,像我一样直视死亡。我们是结实的肉体,却也是灰烬。


"大家都在大斋期庆祝复活节。"我咬紧牙关,对朋友哭着说。

我正朝着悬崖走去,期望当我走到悬崖边缘时,那里已经筑了桥。在我到达之前,化疗、免疫治疗需要产生效果。

主啊,请帮我筑一座生之桥。

我坐在朋友雷的对面,他是一位小儿癌症专家。他每天和小孩及家长谈肿瘤、白细胞数、剩余寿命。他是墓牧者,照顾被癌症带到屠宰场的小羔羊。当我看着他,我看到一个人的决心,明知自己可能战败,却决不放弃。他每天和病患的父母对话,直视着他们的眼睛说"还有希望"或"我很遗憾"。他知道,让世界崩颓的感觉是怎样的。

他第一次坐在我家长廊上时,我刚刚拿到诊断报告书,医生认为我的生命只剩一个月。我的家人都来到家里,大家忙着洗衣服、煮鸡汤,疲倦地试图拯救世界。没有人能够真正为我做些什么,所以他们就做了一切事情。有的人一直叠被单,或是检查我的药物,或是拿食物塞满我的冰箱。我妈妈买了一大堆口罩给大家戴,而我则是用我剩余的时光试图说服他们不需要戴。我全身裹着毯子,坐在长廊上,雷从围篱那边冒出头来,带着顽皮的微笑。他带了两瓶昂贵的红酒,帮每个人倒了一杯,包括我——我身体里有巨大的肿瘤,可能除了水,什么也不应该喝。我为此爱他。他坐到我身边,我们两个像是成立了一个专属于我们的俱乐部,然后他转身面对我的父母。

他说:"真遗憾发生这样的事,这真是糟糕。"

我的爸妈看了他一下,眨着眼睛。我想,他们应该感到很吃惊吧。

听多了专业人士和面对危机的人说话的口气,我称其为"谈判专家的中立",就像他正对想要跳楼的人说"别跳!"时,暗示着屋里全部的人都缺乏心智能力。医生总是这么对我说话,在告诉我重要信息时,他们的口气和用词却透露出,他们只是在告诉我某个角度的真相,以防止我跳楼。"我们可以尝试几种做法"通常意味着"没希望了,但是我想我们可以减缓你的衰退","我们可以专注在如何让你感到舒适"总是等于"我们放弃了",从来没有人一开始就说实话。

"真糟糕。"雷又说了一次。这是实话,但是让人觉得很奇怪。他继续说:"跟你们说说我知道的吧。"

他开始跟我的家人说明,癌症研究有很多新的发展,而我们需要保持一定的心态。我们应该将"疗愈"和"死亡"的想法抛诸脑后,反而应该思考的是,如何让我从一个好的结果到另一个好的结果。他说得越多,我就越明白我爸妈脸上的表情——希望。

这就是为什么我有时候会把困难的问题留给雷,他会告诉我真话。

现在,我们坐在同一个地方,他曾经在这里面对我哀伤的父母。这次也有一瓶打开的红酒,时间到了。

我问:"死的时候会不会痛?我是说,在医院里。"

他安静了一会儿。"不会……"他终于开口说道,"不会真的痛,我是说,没那么痛。"他已经答应过我,如果我奋力一战,如果我同意使用任何药物,承受任何副作用的话,他会让我在临终前尽量感到舒适。我没有告诉过任何人,但是我有时候会想,我还能承受副作用、针头、别人脸上的表情多久?

他问:"你还好吗?"

"嗯,还好。除了每天十分钟之外,我还好。"

其他人会就此打住。

他小心翼翼地望着我:"那是什么感觉,那十分钟?"

我知道我正在和一个与我一样,知道那十分钟是什么样子的人说话。他看过那十分钟的各种模样,尖叫的孩子,恳求停止一切的孩子,拥抱绒毛玩偶、要求妈妈陪他躺下的孩子。青少年会捶着他们的枕头问:长大是什么滋味?真爱是什么感觉?性爱是什么感觉?你觉得会有人愿意跟我结婚吗?

我看着托班和查克在草坪上玩,想着雷问我的问题。我看到托班拿出工具修理割草机,查克在他身旁跳来跳去,紫色的冰棒汁水滴到工具上。托班抬头看他,感到麻烦却又有趣。

"我知道那种感觉,"我终于打破沉默,我的视线始终望着那两个男孩,"就像我饿了,而且知道我永远无法吃饱。"

大斋期，我每天诅咒，诅咒一切。然后在一个星期天的早午餐时，就像发烧一样，我痊愈了。

我的朋友布莱尔和我坐在餐桌前，桌上有完美的培根和蛋，还有柔软的松饼。她宣称她的"死亡意念"又回来了。她正在试图慢慢地减少抗抑郁药的剂量，生活里的一切照常进行，但是对生命的担忧又重新出现了。她爸爸得了早发性阿尔茨海默病，这个曾经熟悉的人变得困惑、陌生。每次记不住事情的时候，她就会想到可能的未来：她也会得阿尔茨海默病吗？她可以通过基因检测知道自己有没有这个可能，但是她从此便将和自己终将失智的事实共存。她可能失去几十年的记忆。她非常爱她的丈夫，极为用心地建筑了他们的人生。这一切终将失去。

或者不会。

她无法承受答案。我听着这个故事，发现自己在内心笑得非常开心。我是世界上最糟糕的人了。我曾经跟她一起为她的父亲掉过眼泪;我帮她把家具搬进新家,我们都认为那是真诚友谊的表现。是她让我拥有一整套的坦雅·哈定(译注:Tonya Harding,20世纪90年代美国知名女子花式滑冰运动员)的比赛战袍,包括印着美国国旗图案的滑冰暖身衣。其实,到了万圣节,我若穿上这套衣服,拿着铁锹棍,也不见得会有人说:"哇,好棒的坦雅·哈定打扮!"布莱尔和我曾经在派对里一直交换假发,让其他客人感到困惑。我们曾经熬夜聊天,讨论失败的友谊。为什么我像世界上最糟糕的人一样微笑呢?

我说:"我很抱歉。"布莱尔开始笑了。"不是我希望你发生这种事。但是,我很抱歉地说,你也活在这里。"

"这句话是什么意思?"

"你活在不确定的未来里,你也活在这里。我很抱歉,但是我他妈的非常感恩你也在这里。"

我开始在高级的早午餐前哭泣,布莱尔笑得更凶了。

# 第九章 不要一下子跳到终点

复活节一过，一直到年终，都是寻常时光。这是庆典与庆典之间的时间；这是受洗和婚礼的季节；教导和布道像寻常一样进行着。去教堂的人少了，没有马槽里的诞生，没有十字架上的死亡，只有在沉闷地歌唱、祈祷、布道时让孩子保持安静的人们。魔术消失了，教堂原貌现身：寻常老百姓在无聊的建筑中聚集直到散会。

时光不断循环。开始治疗、管理副作用、恢复，又开始治疗。我的一周围绕着星期三运转。每个星期三，我会飞到亚特兰大做化疗。我凌晨四点起床，开车去机场，一路听着收音机里的节目介绍着化学元素的故事。我发现自己稍后会跟托班说："下星期会讲到硼！"到了六点，我停好车，经过机场安检，回复大部分的电子信件,坐上飞机前往亚特兰大。同样的飞机会在午夜带我回家。飞机上,总是有人咳嗽,附近有小婴儿尖叫不已。

这个仪式也有例外。有一次,我和机场保安人员热烈地讨论他们的标语应该改成"顾客永远是错的!"。另一次,一对拐杖从头上的置物柜掉出来,打到我的头。机舱很暗,我花了很长的时间检查自己有没有流血。一般而言,这一天将充满亚特兰大的交通、针头、候诊室、化疗椅子和偶尔的对话。我决定要讨好大家,包括这个实验计划里的接待护士、抽血护士、一大群受过高度训练的医生。我快累坏了。我在自己的真人秀中扮演一位得了癌症却极度愉快的年轻女士,只是无人收看节目。到了凌晨一点,我爬上自己的床,感觉自己被掏空了,没有什么东西剩下,除了知道自己下个星期三又得再来一次。

我被困在了当下。环视周围,我失去了做长远计划、踏入未来、说着未来言辞的能力。我失去了期待季节来临的节奏。秋天时,妈妈和我会在家动手制作甜甜圈和撒上肉桂粉与糖霜的酥脆油炸苹果派,一起庆祝初雪的降临。到了冬天,我们会开几个小时的车,去探望住在门诺镇上养老院的外公。孩子们会像小狗似的追来跑去,大人假装不在乎自己打输了桌球。春天则是在杜克大学花园里的养鸭池塘边改试卷。夏天是一连串的野餐,以及在安大略的湖上滑水,看着托班每年展现他优美的滑水技巧,就像我当年在夏令营遇到的那个男孩一般。但是未来的一年溜走了,远到我无法看见。我必须用药物、针头和白细胞数把自己绑在"现在"。

有时候,能够活在当下就像是一个礼物。我的痛苦和别人的痛苦连起来了。在超市,我因为注意到年轻母亲脸上的疲惫,而帮她推了推车。我停下脚步,和坐在街角的游民说话。我自由地布施,小气的心放宽了许多。我可以看到大家多么努力,但是他们倚靠的墙却多么脆弱。

我又有两个月可活了,再一次地。

我坐在化疗椅上,一万六千美元的免疫抑制剂经过胸口的人工血管注入我的身体。如果没有保险,我不可能负担得起这种昂贵的药物。即使我有钱,也无法弄到这种药物。临床试验可以特别使用这些受管制的药物,动辄以百万美元计算的药物发展的希望与梦想都系在这些实验上。像我这样的病人做了一轮又一轮的实验,过程很清楚。每六十天,我躺在旋转中的电脑断层造影机器上,显影剂在我血管中奔流,医生测量我的四颗肿瘤是否长大了。如果没长大,医生会微笑,同意接下来的六十天治疗。我活了两个月,深深吸一口气,希望能够再来一次。

此时,我可以听到医生从外面墙上拿下我的测验结果,他的手放在办公室的门把上,我的脑子回到了悬崖的桥上。

主啊,我正走在悬崖的边缘。请帮我筑一座桥,我需要走到另一边。

没有新的研究保证我可以得救,或是让我长时间稳定下来。我正走在科学边缘之外,一片空白。我只是需要再多六十天。

自从诊断确定,已经过了十个月。最近的一次门诊中,我的医生从一堆文件中拿出一张表格。

他画了一条线后说道:"这是我们目前所知的,像你一样接受免疫疗法药物的患者。"

一条线往上,然后平了。

他画另一条线:"这是跟你有相同病症的人做了化疗之后。"一条曲线向上扬,然后往下掉。他胡乱写了几个字:改善的人、表现一般的人、恶化的人。他指着一个点,那就是我。我对免疫治疗有反应。我看到了。

"所以,如果我没有做免疫治疗,我现在就要死掉了。"

他简单地回答:"对。"

这将会是我的最后一个夏天。这将是我的最后一次生日。这将是我的最后一个月,能够看着托班高举计步器,亲吻他的计步器,坚持说在计步器历史中,他绝对是体能进步最快的人了。这将会是我最后一次坐在查克房间里的地板上,把他的衣服收起来,换成比较大件的睡衣和衣服。我再也看不到我童年住的房子。我们将开始道别。

我说:"好的,我懂了。"

我试过让别人了解,我真的努力试过。实验刚开始的时候,我们希望肿瘤会缩小、消失,我只需要用少量的免疫治疗维持我的进步。这是我对无法治愈的理解。接下来的几个月里,肿瘤不再缩小,我们不再期待完全恢复了,取而代之的是期待肿瘤不要长得比免疫治疗的效果更快。我需要让亲友明白,我祈祷的是癌症减缓,我必须感恩自己拥有的一切。我又可以活两个月了。

我在脸书上写了一篇文章,描述这种"阳光与乌云共处"的状态。我试着清除病历上出现的字所造成的情绪。缓和治疗,无法治愈。我们希望在无法治愈的状况下,找到"可以管理的方法"。大家的留言都是:"不要放弃!""上苍保佑你所做的准备!"我无法传达那一丝真相:我还没有即将死亡,我不是末期,我在接近死亡中保持警惕。我站在大家都必须通过的驿口,很少的人能够留下来。

我一直在想,如果我的祖母还活着,她会了解。她十七岁时,得了传染性很强的肺结核,这在当时是无法治愈的疾病。病菌进入她的肺部,吞噬了她的整个人生。她原本是班上成绩最好的一个,即将成为家族中第一个接受大学教育的人。但是,她吸入了病菌。她的父母帮她打包好行李,送她去疗养院。高高的石墙看起来非常威严,赢得"疗养堡垒"之名。

我看过这个地方的照片,可以想象她在芳华正盛的年纪,从窗户里看着自己的生命凋谢。她不会知道,以前那位常常载她坐冰激凌车的年轻人从来没有忘怀她。她无法知道,有一位医生会研究出新的方法,深深切入她的肺部,成功切除受到感染的组织。她无法想象,开冰激凌车的年轻人从战场上返家的第一站就去了疗养院,把她接出来,带她回到他亲自为她盖的小屋子里。她无法预知自己不会终老在上了锁的白色房间里。

手术治疗之后,她反复地复发与住院。她病得太严重了,无法照顾自己的孩子。两个小儿子交给亲戚抚养了好几年。我的祖父奔波着,维持家庭完整。这些回忆有时候仍然让她感到哀伤。她的孩子们还记得,她会走进房间,锁上房门。我仍然戴着她留给我的碎钻戒指。如果她还在,她会了解,活在死亡与生存之间的代价。

我一直接到陌生人来信,信里谈到继续活下去的代价。

他们写道:"请原谅我,凯特。但是我有与你相反的问题。我无法合理化我仍然活着的事实。"他们老了,上年纪了,但是不觉得自己有什么价值。"很明显,我不值得拥有这一生。"

一位退休已久的老教授写道:"我看到许多非常

好的人,很年轻就过世了,我并不是一个特别好的人,却活了下来。"他失去的比获得的更多。

另一位写道:"我六十三岁了,我发现自己很害怕死亡。我非常希望自己还能活很久。我觉得很丢脸,这六十三年来,我的成就屈指可数。"然后他们对我说:"亲爱的,你值得拿走我浪费的岁月。"

一位佛教徒说,他会进行一项修行,把我的痛苦吸走,把他的好命借我一些。

世界是一张平衡的表格,从一行里减掉一些,加到另一行去,好像我们都同意分享太短或太长的生命。

但是,我们仍然继续过着自己的日子。

我猜,像我这种状况的人,会想到最终的未来,永生。


得到诊断之后,我允许自己对朋友弗兰克提出第一个问题。他是路德教派的虔诚信徒。

"你知道,神的时间和我们的时间不同……他洞视一切,过去与未来,就像在同一个时空一样?我的意思是说，我们相信三位一体——圣父、圣子、圣灵——总是存在，即使我们认为耶稣在某个时间点诞生。"我在胡言乱语了。我试着表达自己的意思，我试着再说一次。

"你觉得这是否代表我死后，会看得到一切？"说出来，说就是了。

"你觉得，我死了之后……我会不会觉得……分离？"

此刻，这已经不再是一个问题了。如果我死了，我的儿子不会记得我，所以，天堂里没有任何我会感兴趣的事物。我的永恒奖赏就是我会错过一切。弗兰克握住我的手，说了一些话，我很确定在神学上是很丰富完美的说法。但是我只记得这位曾经失去儿子的老人了解我需要时间——有一条线把我们永恒地联结在一起。

在这种时刻，多年研究中所认识的朋友们最了解我了。如果一定要逼他们表态的话，他们大概会同意我说，死后的国度虽然很棒，但是待在地球上更好。

从技术上来说，这一切都只是传说而已。这就是大家说的"过度解读的末世论"，某种夸大的概念，认为我们在世间能够理解死后的国度。

著名的艾克牧师是第一位在电视上布道的黑人牧师。他曾经微笑着说："不要等着天空掉下来水果派，不如现在就配着冰激凌，在水果派上摆颗樱桃，吃了吧！"可是我不要冰激凌，我要无需小儿科癌症专家、联合国儿童基金会、军事经费、高楼上防止自杀的栏杆的世界。世界应该充满慈悲。我祈祷着，而我的心好痛，我的舌头打结。让上苍的旨意完成。

或许这是一个大大的失望。生病之前，我去参加了电视布道家珍和保罗·克劳奇主办的模拟活动。这对夫妻宣讲教义，拥有三位一体电视台以及其他产业。他们贩售圣地体验，有一个甜美绚丽的圣经游乐场，专门讲述耶稣的故事——假设耶稣是住在佛罗里达州的奥兰多。我在餐厅吃了点心，在黄金、乳香、没药布置的礼品店买了保罗·克劳奇的传记。他们添增了一些设备，包括十几个珍·克劳奇的人形立牌。个子矮小的珍微笑着，头上顶着她的招牌发型：紫色蜂巢。

未来有时看起来就像现在。我记得曾和一位名叫比弗利的老妇人，一起站在以色列北部起风的山顶。她染成红色的头发非常引人注目。她悄悄说出这个古老地方的名字。

她说："米吉多。这里就是一切。"

她说得很快，眼睛四下观看，描述着末日军队会在底下，为了人类的未来战斗。她指着我们脚下的山谷。

"米吉多。"她又说了一次。在希腊，这座山更常被叫作 Armageddon，意思就是"世界末日"。太晚了。她不会活到那个时候，看到世界瓦解、重建。

"有的人还不愿意爬上山来。"她说话的方式好像要吐口水似的。除了她和我爬上山之外，几乎每个人都舒适地坐在山下的游览车里。最后几步，她的腿摇摇晃晃，几乎要站不住了。其他人都会活到那个时候，却根本不在乎。当时，我心里想：真是奇怪透了。旅行了那么远,就为了站在世界末日的山顶。

现在我明白了,她需要看到这个景象。她的眼睛投向地平线。有那么一刻,她需要活在那个美好又可怕的未来。

几乎是夏天了,但是我只注意我的治疗日历。又是一个星期三,去亚特兰大的日子。我坐在医院里,等待扫描结果。这是第六次了,并不比以前更容易。深呼吸,很好,我又有两个月可以活了,再一次地。

我念大学时,修了一门宗教哲学课,老师是很棒的老学者,早已过了退休年纪。他一辈子都在翻译古老的梵文经典:《薄伽梵歌》。典籍里有印度教的许多基本概念。他给我们看一本又一本的印度教关于轮回的书籍,不断地重生到新的生命和身体里,还说轮回可能已经有科学验证了。我会记得他,大部分是因为在那个学期,他失去了五十多岁的妻子。不是因为疾病或老迈，而是在校园附近过马路时被车子撞死了。他无比哀伤，不得不停止授课。我记得在最后一堂课上，他说，他在屋里看到她的东西时，简直无法呼吸。

"我在洗衣机里看到她的小袜子。"他说着说着，大颗眼泪流下他苍老的脸颊。我们都感到哀伤，虽然我们这些学生还太嫩，无法知悉人生的负荷。

他相信妻子的生命将持续进行，但是她的生命旅程中不再有他。他在这里，困在她的过去里。

比弗利活在末日的未来中，学者活在过去。我想，我相信自己活在两者之间，但是我的脚很少好好地踩在地上，无法把自己扎根在当下。我的眼睛总是在搜寻下一次的截止日期、下一个障碍、下一个计划。第二个宝宝会需要自己的房间，所以要讨论一下房屋增建。与托班漫步时，我总是引导托班聊我最喜欢的话题：下一件事情。我们要如何改善生活？我们接下来该做什么？秋天，我们走过高高的栎树林，步道两旁都是缤纷多彩的秋叶，我的脑子想着未来的可能性。

一向如此。如果要我描述我的人生罪恶,我不会只说我没有停下来闻一闻玫瑰花。我会说我太骄傲,我对生命无动于衷,我疏于珍爱当下的事物,而是一心爱着未来的可能性。

我必须学习活在寻常时光里,但是我不知道该怎么做。

"逐步往上的登山之路很长,但那还是容易的呢。"

我的医生严厉地看着我。我知道这对他来说,并不容易。他很善良,这是他最严厉地教训我的一次了。

他说:"还有陡峭但是比较快的路径。这是比较难的方式,你已经习惯用比较难的方式了。"

我习惯被化疗药物"轰炸"。但是他不是在说这个。他知道我沉迷于比较难的方式。

我告诉他:"我宁可你在治疗我的时候把我害死。"接下来是很长的一段沉默。我们两个都知道他会说什么,我很感激他没有真的说出口。他们没有打算治愈我。我不会爬到山顶的。

他试图减少我的药物剂量，拉长疗程，让我轻松一点，但是他知道这对我而言很困难。我喜欢做到最极致，喜欢看到自己有进展。可是现在我必须接受更困难的事了：我不确定我还能在极端治疗中撑多久。

我的治疗像是在三条藤子上摆荡。其中两条是化疗药物，另外一条是免疫治疗药物。我已经停止一种化疗药物了，因为我的手和脚完全没有感觉。停止。现在我正在考虑停止另一种化疗药物。我会持续使用免疫治疗药物，希望它可以撑住我。拜托，老天，让它生效吧！

我没有把握地说："如果我们停止化疗，肿瘤又开始生长……"

"那么，我们可以重新开始化疗。最糟糕的状态就是下次扫描的时候，你的肿瘤长大了百分之二十。"他很快地接下去说。

"但是，如果免疫治疗没有发挥作用，我就会死。"我的声音听起来很平静，连我都觉得很实事求是，"对不对？我是说，化疗药物已经开始失效了。"

他试着安抚我,但是我无法听清楚他在说什么。我看着我的手,化疗毒性使我的手肿大,呈现红色。我已经技穷了。我知道如何受苦,我知道如何尽力,但是我不知道如何做最基本的事情:我不知道如何停止。我想要停止服用化疗药物,但是如果病情从此恶化呢?或许我需要坚持得更久一点?我如何知道该什么时候停止?

我坐在医生对面。他发现了我这种癌症细胞异常引起的肿瘤成长,因此得了一个很大的奖。为了感谢他的努力,感谢他在实验室里的几千个小时,我帮他带了纸杯蛋糕,上面有彩色糖粒。

结果发现,我们两个都花了很多时间走向悬崖边缘。我们正在讨论面对现实意味着什么。

我承认:"如果停止化疗,我不确定是否想知道接下来会发生什么。但是另一方面,我也想结束这一切了。如果是你,你会怎么做?"

"我会去上班。"

我听出了他的话的重量。他的办公室很简单。我跟他才说了五分钟话,就知道他也在受苦,而他选择了来工作。

在生命最糟糕的时候,他把一只脚放在另一只脚前面。他要求自己尽到应尽的责任,我因此获得了这一年的生命。或许我还会活得更久。我最喜爱的是,他这么做并不知道最后是否有用。他就是一直往前,这是他能够做得最好的事情了。

他很简要地说:"我们都是末期病患。"他回答了我还没说出口的问题。如何停止?停下来就是了。你到了生命尾声,然后你深深吸一口气,祈祷,回去工作。

我得癌症整整一年了。一年前的今天,手术前,我打电话给我妈妈。

我跟妈妈说:"弗兰克告诉我秘密是什么了。"但是妈妈越是问我细节,我越明白,我吃了太多止痛药,完全忘记秘密是什么了。

我问过弗兰克关于天堂的事。他知道我想问什么,他总是知道我说的是什么。我能够保持联结吗?我会错过什么吗?我会看到儿子长大,学会踢加拿大式橄榄球(译注:Canadian Football,从橄榄球发展出的运动,由两支各十二人组成的队伍相互竞赛,与美式足球有些许不同)吗?我可以看到他毕业,进入社会吗?我可以坐在他床边,看着他的眼睛紧闭,一起感谢上苍让他得到了小卡车,还有我们丢进小溪里的树枝吗?这些原本都是我的计划。这些都是被摧毁的希望。

有一天,莫名其妙地,我忽然想起他接下来说的话。

他温和地说:"不要一下子跳到终点。不要一下子跳到终点。"

"你觉得我那样说是什么意思?"上星期弗兰克坐在我的办公室里这么问我。他不记得说过这句话,因为那天的一切都已变得很模糊。我们在赞叹已经一整年过去了。一整年里,医生都说我只有百分之三十的存活概率。

我回答说:"我想,你是在说,我们就是不知道。我们的脑子里有各种细节,好的和不好的。我们想要告诉自己一个故事——任何故事,我们才能确定。你了解我的!我多希望知道接下来会发生什么。至少我可以准备好。"

"听起来我的话很深刻。"他如此说道。

"我只需要活到五十岁。我需要确定孩子长大了。我需要完成大部分的人生。我需要确定。"

"可是这一切都无法确定。多少次了,我们以为确定的事情,都会改变。"他一说完,我们之间就安静无声。

制订计划,改变计划。新的喜悦或悲哀发生。无论是人还是神,都无法做出一生的计划。我的一生比我能够想象的更痛苦,也比我能够想象的更美好。

"对。这就是秘密——不要一下子跳到终点。"我提醒自己,不好意思地用毛衣袖子擦掉脸上的泪水。

我的朋友寇利白天是牧师,晚上是喜剧演员。她花了非常多的钱买了一套网上生命课程。看起来是个很棒的主意——让我们专注!——六百美元的课程,静静地躺在她的手机里,没有人看。

"要跟我一起上课吗?目标取向,改变人生。"寇利问我。她拥有自己的随身照相设备,以及很多工具,每次她出现——咻——派对开始了。

"可是我现在最不适合搞这个了!我没办法做任何计划,老天爷,我的人生已经太有意义了。"我抗议道。

"可是想一想会多好玩。我们一起创造时间管理日记,记录我们看《极限体能王》(*American Ninja Warrior*)花了多少时间。"她说得对。我们看了太多真人秀。一开始,课程的内容还不错。我放弃了手机上一个很花时间的游戏,同意晚上花更多时间阅读。但是很快,每天的任务越来越深入。课程要求我做出今年改善健康的具体计划,接着要我做一个五年计划。

"五年?!"我发短信给寇利,"我不知道……我想我的大目标是活着。"

她问:"就写你那可怕的菠菜饮料,如何?"

"我可以喝可怕的菠菜饮料。"

"很好!还要吃维生素!"她开心地说。

"课程一直要我定义自己的人生哲学,我不知道该说什么。我想在我的行动和我的话语里,表达我还活着但同时又知道死亡的现实。"

"嗯……"

"我想,就是'好好活,也好好哀伤'的意思。"我不确定地说。

她说:"噢,绝不可以。你这样说,听起来太严肃了。"

"好吧,改成'无法好好活,但是好好哀伤'。"

"把你的座右铭改成'把恐惧放在身后地活,也把恐惧放在身后地哀伤',如何?"她说。

她这么说,让我更爱她了。她从不把我当成是在泰坦尼克号上排列桌椅的人,也不会暗示我可以用新的果汁机拯救自己。她帮助我走在"完全悲观"和"过度努力"之间的那一条细细的平衡线上。大部分的时候,她知道她能做的最好的事情,就是帮我邮购加拿大装饰品，举办充满爱国色彩的加拿大感恩节庆祝活动，并且为我不断祈祷。

我们一起进行的这个课程，功课内容越来越难。

课程问我们："主要关系的目标是什么？你想要培养怎样的质量？你希望他们清楚地知道什么？"

我在笔记本的空白页上写下托班和查克的名字，四周画了满满一圈红心。未来可能根本不会来临，我要如何设定关系的目标？我累坏了，把笔记本收到袋子底部。

但是这些问题仍留在我的脑海里。散步时、在医院候诊室里、睡觉前，我要给他们什么？我又拿出笔记本，写了几个字。

慈悲。

这个给查克。我一直希望养大一个会关心弱者的男孩，会为了蜗牛停下脚步，想要知道为什么车窗外的男人说他会为了一顿饭而工作。我想要培养出一位有柔情的铁汉。他会知道世界的痛苦,但是一切会因此而变得更美好。他面对心碎时会更为勇敢。

我写下一个词要给托班,随后我摇了摇头。这个不可能的词是,喜悦。

我怎么能要求一个可能失去妻子、儿子的父亲,这个从初中时期就是我最要好的朋友的人感到喜悦呢?有时候,我们会玩"我不知道你的什么?"的游戏。答案总是在那里,别人都没办法跟我们一起玩。我最近才知道,托班七年级学过低音单簧管,我尖叫了:"我怎么不知道?你到底是谁?"我知道他的一切,他知道我的一切。死亡造成的空洞里,怎么可能有任何好的事物呢?

问题在我心中翻腾,我的手开始书写。空白页上逐渐充满了文字、想法、各种小事,以及我不确定如何做的事情。我在做计划了。我活在寻常时光里了。

星期六我可以负责照顾查克,让托班在乡村小路上骑脚踏车。我做研究的时候,经过每一个奇怪的地方,都可以帮他买一盒巧克力,放在他的书桌上。看电视的时候,我可以把他的手臂放在我的膝盖上,从他的手腕到手肘处,轻轻挠痒。我可以用手梳他的头发,告诉他,他一年比一年更帅了。我可以提醒他,他曾经和一个太阳眼镜广告上的人长得一模一样。我可以安静地告诉他的家人和朋友,万一我死了,我要他们知道,我们两个人之间最大的秘密就是,我需要他快乐,重新生活,或许再次结婚,尽快让自己惊喜于原来自己还可以大笑。

我买了一个大牌子,上面写着"你是我一生的愿望"清单,我把牌子挂在客厅。

我的小小计划散落在各处。这是我学到的,活在当下,挣扎前进,寻找奇迹。周详的计划不再是我的基石。我只能希望,我的梦想、行动和期盼能为查克和托班留下轨迹。无论这条路转向何方,他们都只会看到爱。

查克躺在我身边,就在我正写下这些文字的此刻。

我们躺在大床上,查克像小北极熊似的翻滚着。在我们把他从婴儿床抱出来的早晨,他总喜欢到我们的卧房,像两岁孩子那样躺下来。又是一个美好的早晨,又到了我们要开始跟着咖啡机尖叫的时刻了,我要帮查克做法国吐司了。是的,我会死,但不是今天。

附录一:
绝对不要对面临难关的人说的话




1. "呃,至少……"

欤欤欤,等一下。你要做比较吗?至少不是……什么?第五期癌症吗?不要弱化他面临的困境。


2. "我活这么久,已经学到了……"

老天爷。你要一个奖牌吗?我懂!你活了很久很久。嗯,有的人正在担心他们活不久呢,或是生命困难到都不想活了。所以,不要提供你的人生智慧。活着是特权,不是奖品。

3. "一切都会更好。我保证。"

嗯,仙女教母,当事情变得更棘手的时候,你的承诺将会变得非常难以实现。

4. "上天需要一位侍者。"

这是最荒唐的一句了。这句话让上天看起来像个虐待狂,有着迫切的需要。如果我们假装死人可以回来,帮你找到车钥匙,或是和你一起做陶器,这会有多么荒唐啊?

5. "一切发生自有其意义。"

比这句话更糟的是,你假装知道是什么意义。上百个人告诉我,我得癌症的意义是什么。因为我的罪恶。因为我不忠诚。因为上苍是公平的。因为上苍是不公平的。因为我不肯吃球芽甘蓝菜。每个人都找得到原因。如果有人这样跟你说,等到他遇到他的生命中最困难的时刻,你一定要跟他说,你认为是什么原因造成他的不幸。当有人即将灭顶时,不但不丢一个救生圈给他,还要跟他说为什么他会灭顶,这是最糟糕的事情了。

6. "我做了一些研究……"

我以为我应该听我的医生、营养师和专业团队的话,结果我得听你的话。是的,请告诉我更多只有你这个江湖郎中才知道的医学秘密。等一下,我去拿支笔来。

7. "我阿姨得癌症的时候……"

亲爱的,我知道你在试图和我产生联结。你看到我,想到了世界上发生的各种糟糕的事情。猜猜我住在哪里?我住在死荫幽谷之地。现在我正在度假,因为我不在医院,也不想面对这糟糕的一切。我必须拿掉太阳眼镜,和你一起回忆哀伤的过往吗?你在意我先喝完我的莫吉托鸡尾酒(Mojito)吗?

8. "治疗进行得如何了?你还好吗?"

这是最困难的一句。我知道你试图理解我的世界,站在我这一边。但是请回想一下你遭遇过的最糟糕的事情。想好了吗？现在试着用一句话总结那个经历。然后每天重复大声说五十遍。你头痛了吗？觉得哀伤了吗？我也一样。就看看我今天是否想谈，有时候我会想谈，有时候我只想要拥抱一下，聊一聊电视节目。

附录二:
也许这样表达更好

1. "这周,我想带一餐饭给你。我可以写电邮给你,安排一下吗?"

噢,太感谢了。我饿坏了。即使我真的有需要,我也总是想不出我要告诉大家我需要什么。但是,真的,请带礼物来。巧克力、盆栽、一套特别的橡皮擦。我记得第一次得到无关癌症的礼物时,我开心地哭了。你把有趣的影片寄给我,做化疗的时候可以看。你可以做些什么配合你送的礼物的事情,但是最重要的是,带礼物给我!

2. "你是个美丽的人。"

除非你是异性,又总是用很猥亵的声音说话,否则,这一类的话很有用。每个人都希望知道自己做得很好,而不是在学个凄惨的教训。所以,告诉你的朋友,你敬佩他的某一点,但是不要弄得好像在念悼文。

3. "我很高兴你的进展不错,希望你知道,我是支持你的。"

你的意思是,我不需要向你做进展汇报吗?你已经问了别人,知道所有恶心的细节了吗?太棒了!现在,我觉得你既了解我,也关心我。不需要帮百合花镀金。你刚刚说的已经太棒了,现在不要多问,否则会搞砸。问一些无关癌症的问题吧。

4. "我可以抱你一下吗?"

最棒的时刻就是拥抱或一只手搭在我的手臂上。经常受苦的人——虽然并非总是如此——会觉得孤立,希望被触碰。一般而言,医院和大机构都把病人当作机器人或废弃物。所以，问你的朋友，要不要拥抱一下？给他一些甜头。

5."噢，我的朋友，听起来好难。"

或许，发生灾难之后，最奇怪的事情就是没有人想听。大家希望知道结果，但是不想从你口中听到细节。这很糟糕。所以，安静下来，让他说一会儿。要愿意直视丑陋与哀伤。人生艰难，假装人生不艰难其实是很令人疲倦的。

6. 静默……

事实就是，没有人知道该说什么才好。很尴尬。痛苦是尴尬的。悲剧是尴尬的。人们受苦的身体是尴尬的。但是，请跟这个人学一学吧，他写信给我，说他看望受苦的人的时候，原则就是：现身，闭嘴。


对受苦人的最终宣告：

请记得，如果癌症、离婚或任何悲剧杀不死你，别人的好意也可以杀死你。只要一听到"可是他们是好意啊……"就尖叫着跑出房间,或是要求他们送你礼物。

你值得放自己一马。

## 感 谢

大家都认为是医疗让我活了下来,但是我很有把握,是书写和人们让我活了下来。

对我而言,我的家人和朋友重新创造了世界。谢谢我的家人放下一切,为我祈祷、烹饪,照顾我,和我的孩子玩耍。谢谢我的好朋友们,飞到北卡罗来纳州来看我,假装她们反正本来就要来嘛,没什么大不了的。

谢谢杜克大学神学院可爱的卫理公会信徒,你们一直陪伴着我。

我永远忘不了亚特兰大的超级英雄们,在他们认识我之前,就志愿招待我,为我做饭,带我去看每周的门诊。你们以及我的医疗团队,把我照顾得好好的。

葛雷格(Greg)和苏珊·琼斯(Susan Jones),威尔(Will)和派希·威利曼(Patsy Willimon),以及格兰特(Grant)和凯西·瓦克尔(Kathy Wacker),你们可能不会承认,但是你们的努力拯救了我的性命。如果你们需要我的内脏,就送你们了。

我和永远与我同在的癌症绑在一起,我并不确定我是否有精力写完这本书,也不确定我是否能够写得清楚,但是有几位特别人士让我看到未来。玛格丽特·芬柏格(Margaret Feinberg)和洁西卡·里奇(Jessica Richie)坐在我家客厅地板上,做着我自己无法想象的梦想。劳伦·威诺(Lauren Winner)和杰茜卡·古多(Jessica Goudeau)以及明尼苏达州科列吉维学院(Collegeville Institute)的众人给予我勇气和书写结构,免得我只会坐在电脑前面哭泣。我的经纪人左伊·帕格纳曼塔(Zoe Pagnamenta)和本书的责任编辑希拉里·瑞德蒙(Hilary Redmon)知道要保留什么,要舍弃什么。我很幸运,因为他们以及兰登书屋出版社里的众人，我表现得更好。

  最后，我亲爱的托班，谢谢你。你在我的每一个回忆中。如果我能的话，我愿意和你永远在一起。

## 图书在版编目（CIP）数据

当明天和意外撞了个满怀 / (美) 凯特·鲍勒著；丁凡译. -- 杭州：浙江人民出版社，2024.2
ISBN 978-7-213-11297-3

Ⅰ.①当… Ⅱ.①凯… ②丁… Ⅲ.①回忆录—美国—现代 Ⅳ.①I712.55

中国国家版本馆CIP数据核字(2024)第017951号

浙江省版权局
著作权合同登记章
图字：11-2024-023号

EVERYTHING HAPPENS FOR A REASON by Kate Bowler
Copyright © 2018 by Kate Bowler
Published by arrangement with The Zoe Pagnamenta Agency, LLC through The Grayhawk Agency Ltd.
Simplified Chinese translation copyright © 2024 by Beijing Xiron Culture Group Co., Ltd.
All Rights Reserved.

## 当明天和意外撞了个满怀

DANG MINGTIAN HE YIWAI ZHUANG LE GE MAN HUAI

[美] 凯特·鲍勒 著　丁凡 译

| 出版发行 | 浙江人民出版社（杭州市体育场路347号　邮编 310006） |
|---|---|
| 责任编辑 | 祝含瑶 |
| 责任校对 | 马　玉 |
| 封面设计 | 胡崇峯 |
| 电脑制版 | 刘珍珍 |
| 印　　刷 | 三河市中晟雅豪印务有限公司 |
| 开　　本 | 787毫米×1092毫米　1/32 |
| 印　　张 | 6.375 |
| 字　　数 | 100千字 |
| 版　　次 | 2024年2月第1版 |
| 印　　次 | 2024年2月第1次印刷 |
| 书　　号 | ISBN 978-7-213-11297-3 |
| 定　　价 | 52.80元 |

如发现印装质量问题，影响阅读，请与市场部联系调换。
质量投诉电话：010-82069336